あなたは何処から来て何処へ行くのか

沙門

文芸社

あなたは　何処から来て
何処へ行くのか

この書は　しきたりとか　宗教とかではありません
人間は　何故生まれて来たのかを　知るための書です

この世に存在する　全ての人間に　神として伝えておきます

あなたが　この世に存在するのは
あなたのためでは無く　神のためなのです
あなたは　この世が全てと　思っているでしょうが
それは　あなたが　生まれる前の　神との約束を忘れたからなのです

この書は　あなたの前に神が現れ
あなたが　現世で疑問に思う数々の事を　問い答えてくれるものです
あなたが　生まれて来た意味　生きている意味
死んだ後の自分がどうなるのかを
神の言葉で　明確に　あなたの今と　先々を書き示したものです

有るものは有り　無いものは無いのです　これが現実です
しかしながら　有る　けれども見えないものが　神なのです
見えないが故に　無いものは無いと　言う人間がいるのです
その人間自身が　何故そこに存在するのかを知らないからです

見えない世界が故に
人間としての現世の生き方や　求めるものは同じでも
国　風土　民族　宗教　言葉等々や
人間の欲と損得により　千差万別に表現方法が違っているのです

この書で
あなたは神との対話を通し
神の言葉として聞き　理解し　自分自身の人生に問いかけて下さい

まえがき

あなたは　あなたが見えるもの　聞こえるもの　感じるもの　等々の
知識の中だけで　生き過ごしているのです

あなたは　必ず　死にます　そして　地獄へ落ちるのです

あなたが
事故で死ぬか
病気で死ぬか
短命なのか
長命なのか
何処で死ぬのか　どんな有り様で死ぬのか

あなたは 何一つ解らないまま生き過ごしていますが
あなたの人生が どんな人生であろうと
あなたが 人生に納得しようと しなかろうと
あなたは 必ず死にます

安心して死んではいけません
あなたは 死の瞬間に 考える事も無く 瞬時に地獄へと落ちて行きます

あなたが生前に
死後の世界が あるとか無いとかの 疑問を問う事も無く
地獄の奈落に突き落とされます

それはまるで
あなたが 死の寸前に 谷に架かった一本の木の上を歩き始め
死と同時に滑り落ちるようなものです

あなたは　現世に生まれ　死ぬ瞬間まで
死後の世界が　あるか無いかも解らずに　生き死んで逝きます

あなたは　歳と共に　死後の世界があるか無いかの不安から逃れるため
他人の言う　宗教等に救いを求め
先祖とか　お墓とか　供養とか　見えないものに脅かされ　こだわり
唯々　信じるという慣習に甘んじていれば
不幸は訪れない　と信じ込み　生き過ごしてしまうのです

あなたは　現世に　何故生まれたのかを問う事も無く
この世の　欲得の世界に浸かり
欲望を満たす事が生きがいと勘違いしながら
生き過ごして来たのです
金が全て　金が絶対と　金を求め
人の上に立ちたいと　学問に励み
人の上に立てば　名誉を欲しがり

人より美しくなりたいと　飾りたて
周りの人達と自分とを比べながら
それが　たとえ　勘違いであっても
人より優れていると思う事で優越感と自己満足をし
それが　この世での価値であり　生きている証しであり
人生を全うする事　と思い込み　過ごしているのです

ここからのお話しは
あなたの死後
あなたが　この世に生まれ
神を忘れて生きてきた事がどういう事かを
今更　とは言え　あなたに　教え伝えておきます

各項目を解り易くするために話しや説明が重なる部分が多くなります
文中の天上界は　俗に言う天国の事です

項目

神界

人間界

神界

神さんは本当にいますか

います
いないと思う人は　ここまでです

あなたは神か！

神です

ここからは
一気読みをせず
ゆっくりと　ゆっくりと　自分自身の人生を考えながら読んでください

神は全宇宙そのものなのです
全宇宙は神そのものなのです
太陽に神あり
空に神あり
星 一つ一つに神あり
山に神あり
海に神あり
草原に神あり
岩に神あり
木に神あり
あなたが目に入る 全ての自然の中に神は存在するのです

あなたたちが 信じようとしている
宗教による神や仏は 人間の都合により作り出したものなのです
宗教による神は存在しないのです

人は神と共にあるのです
神が人間を創り
人間がこの世というものを創ったのです
故に この世が滅び 人間が滅亡したとしても 神は存在するのです
人間はいなくとも 神は存在するのです

あなたたちが
山頂で山々を見たり 海を眺めたりしている時に
ふと 説明のつかない何かを感じる時が あるはずです
それが 神であるか もののけであるかは 解らないでしょうが

自然に 手を合わせたい気持ちになった時は
その ほとんどは 神を感じたものなのです

神は　どのような姿ですか

神に姿はありません

あるのは　神の気だけです
時として
人間社会で　描き作り出した神の姿になって見せたり
気を感じさせたりする事があったとしても
現実には姿を見せる事はありません

人は　何処から来て　何処へ行くのですか

人は生まれる時　神との約束事を守る事を条件に
この世に　生まれて来るのです

あなたは　天上界から　やって来たのです
あなたは輪廻転生により
天上界より選ばれて　この世に生まれた来たのです

あなたの前世が　誰かは解るはずもありませんが
あなたの前世は　間違いなく天上界にいた人です
天上界にいた　その人は
この世では神と共に過ごした人です
あなたは忘れてしまったでしょうが
あなたが　天上界から　輪廻転生により　この世に生まれて来た時には
この世への　付き添い人として　氏神と共に生まれて来たのです
人は　氏神と共に生まれてくるのです

山で生きる者　海で生きる者
富みて生きる者　貧しく生きる者
心貧しき者　心豊かき者
夢多き者　夢無き者
生きる価値を見出す者　生きる価値を見出さぬ者
生きる価値を考える事も無く　ひた走る者
何処で生まれようと　何処で育ち何処で過ごそうと

どのような生き方をしようと
それら全ては　この世の過ごし方に過ぎないのです
この世での　過ごし方は問題では無いのです

問題は　あなたが　死んだ瞬間からなのです
あなたが　この世で生き過ごして行く中で
神を忘れず　神と共に過ごしている間は
氏神は　あなたの側に存在し　共に過ごしていきます
そして　あなたが　この世から去る時にも
氏神は　あなたと共に　天国と言われる天上界へと帰るのです

但し　あなたと　神との約束事があります
あなたが　生まれる前の　神との約束事です

あなたが この世で 生き過ごしている間は
神を畏れ敬い 手を合わせ 神を念じる事の約束です
その約束を忘れ この世の欲得の世界に入り 神を忘れた時には
あなたが 人生の途中であっても
氏神はあなたを捨て離れ あなたは神無しになるのです
そして死後
天上界への 付き添いとしての氏神を持たないあなたは
死ぬと同時に地獄へ落ちるのです

あなたが 死んだ後 何処へ行くかは
この世での 神との約束事を守るかどうかで 決まるのです

神との約束事を忘れたあなたが
何故？ 知らない事です…… と言ったところで 意味を持たないのです

神は覚えており あなたは忘れただけなのです

氏神とは？

あなたが
この世に生まれて来る時に　あなたと共に　付き添ってくれた神です
そして
あなたが　この世で神との約束事を忘れなければ
あなたが　生まれてから死んだ後まで　共に過ごしてくれる神です

神界は　完全なる　ピラミッド組織になっているのです
その神の地位は　過去現在未来　変わる事はありません
頂点の神は八神の部下を持ち
その部下の一つの神は　また八神の神を持ち
その部下の一つの神は　また八神の神を持つ
ピラミッド組織になっているのです

神の数式は九の倍数です
曼荼羅図は　それを具現化したものです
そのピラミッド組織の末端の神が　氏神なのです

氏神は　あなたの　この世への案内人として
あなたが　この世に生まれる前から　天上界より共に付き添い
あなたが　この世で過ごす時々の
災いのもととなる　悪霊　生霊等々から護るため

あなたと　共に過ごし　あなたが　死んだ後も
共に　天上界へと案内してくれるのが　氏神の務めなのです
あなたの氏神は　その　ほとんどが
あなたが生まれた場所か　あなたが過ごしている場所にいます
あなたが　生まれた場所　過ごしている場所の周りに
神々の末端である氏神が
小さな祠や　依代としての神木や　岩等に存在しているのです

あなた達　人間と直結している神が　氏神なのです

人間は　万物の霊長と言い切る人間たちが蠢いていても
神から見れば　人間は　唯の蟻みたいなものです
唯　その中に　氏神を持つ
神との約束事を守る　金色に輝く蟻がいるのです
金色に輝く蟻は　生霊　悪霊　悪神から　氏神が護るのです

何故　わたしは　存在するのですか

一人　静かに　深く考えてみて下さい
自分は　何故存在するのか
どうして　此処にいるのか　何の為にいるのかを
あなたが　家族のため　誰々のため　国のためと言ったところで
自分自身がいなくても……と思うはずです
人は知らず生まれ　生き死んで逝きます

あなたが　この世に
人間として　人として生まれて来たのには　理由があるのです
神が　この世に　あなたを遣わせたのには　理由があるのです

あなたが　この世に生まれて来たのは
人に認められるためでも
人の上に立つことでも無く
人に尽くすためでも無いのです
それらの事は　この世で過ごす事での
人と人が生きるがための　都合による　欲と得との中での事なのです
あなたは　神の遣い人なのです
あなたは　神々の結びをするために　この世に生まれて来たのです

結びとは 人間が 神を思い 畏れ敬い 手を合わせ祈る事だけなのです
あなたが 念を込め 神に手を合わせ祈るだけで
神々は その念を神々の結びのエネルギーとし
神から神へと神々を結び 宇宙となるのです
その 結びの神事のために 神は 人間を創ったのです

あなたは この世は 神と共に有る事を知る事です
あなたは 神を畏れ敬い
唯々手を合わせ祈るだけの為に 生まれて来たのです

そして あなたが そこに存在するのです

死ねば……どうなるのですか

あなたは　死んだ瞬間に　天上界か地獄のどちらかに行くだけです

あなたが 心置きなく日々過ごし
あなたが 心配事も無く 気心が よく解った人達に囲まれて
あなたが 心残りの一かけらも無く一生を過ごしたとしても
あなたが 望んだ夢も希望も手に入れたとしても
あなたが わたしの一生は 何だったのかと悔やんだとしても
あなたが 遣っても遣っても残るほど お金を残したとしても
あなたが 病に倒れて 医者にかかる金が無く死んだとしても
あなたが 人々の為の 大発見や大発明をしたとしても
あなたが 乞食になったとしても
あなたが 神主になろうと坊主になったとしても
あなたが 人に尽くし尽くしたとしても
あなたが おろおろと日々を過ごしたとしても
あなたが 周りの事や自分の事……を心配し不安に振り回されて
あなたが 未練未練と未練の塊で死を迎えたとしても
あなたが どのような 生き方をしようと
あなたが どのような 死に方をしようと

あなたは　死んだ瞬間に　天上界か地獄のどちらかに行くだけです

死んだ瞬間に
あなたが　この世で生き過ごした事の価値などは
あなた自身にとって　何の意味も持たないのです

命とは何なのですか

あなたの命とは　短さや長さでは無いのです
命とは　価値なのです

命とは　この世で　生まれ過ごす中で
いかに神と共に過ごしたかが　あなたの命の価値なのです
神も持たず　いかに長生きをしようと　その命に価値は無いのです
命の価値は　あなたが　死んだ時に解ります
命の価値は　長さでは無い事が解ります

神と人間との関係は？

人間は神を畏れ敬い
日を見れば手を合わせ
月を見れば手を合わせ
山を見れば手を合わせ
海を見れば手を合わせ
神を念じ　神と共に日々を暮らし
人間が　念じる事により
その念が発する力をもって　神は　神々の結びをするのです

神は　無数に存在する神と神とを
人間の念の力を使い　神と神との結びの力とするのです
あなたが　念を発すれば　その念を　神は結びに使うのです

神は　神と神とを結び
地球や宇宙に存在する神々を　網の目のように結び　神界を護るのです

神は　神々の結びをするために人間の念が必要なのです
その念の必要から　人間を創りだしたのです

あなたは
神を　念じる事を　務めるために　この世に生まれて来たのです
その務めを忘れ
現世における人間が　いろいろなる欲に溺れ過ごし
死の　その時にさえ　まだ生きたいと願い　死を迎えるのです

自分が何処にいるのか
何のために生まれて来たのかすらも解らずにです
あなたが　この世に生まれて来る時は　氏神と共に生まれて来たものを
神を忘れ　氏神に捨てられ
死んで逝く時には　一人で冥土へ向かい
そのまま地獄へと落ちていくのです

人間は　神を敬い畏れ　神を念じ　神と共に日々を暮らし
神を念じる事を務めるのを条件に　この世に生まれて来たのです
神と人間との関係は　それだけの関係なのです
その事を人間は　神は神　人間は人間と
分けて考え　自分自身が見えなくなってしまうのです
神のもとに
自分自身が存在するという事を　忘れてしまったからなのです

魂は永遠ですか

永遠です

あなたの　魂は永遠ですか　というのは
死んでも永遠ですか　という意味ではあるけれども
魂は永遠です

ただし　あなたの思っている魂は　あなただけの魂では無いのです
もし　あなたの思っている魂を
永遠のものにするには　地獄に落ちる事です
地獄に落ちれば
未来永劫　永遠に苦しみながらも　あなたの魂のままです

もし　あなたが
天上界へ上がれば　暫くは　あなたの魂ですが
輪廻転生によって　あなたが生まれ変わった瞬間に
あなたの魂は　次の人の魂として　現世で過ごすのです

あなたが　生まれ死に　生まれ死んでも
常に魂が天上界であれば
この世で　男で生まれようと　女で生まれようと
どのような人生を送ろうと
あなたの魂は　次の人に引き継ぎながら永遠です

死んでもまた生まれ変われますか

天上界へ行った者は　生まれ変わり
地獄へ落ちた者は　生まれ変わりません

神事とは？

生まれる前の
神との約束事である　神を畏れ敬い　手を合わせ
神を念じる事を神事と言います

あなたは　全てを忘れていますが
あなたは　生まれる直前まで
この世で生まれれば　神を畏れ敬い　神々に手を合わせ
神を念じる事を致しますと　神と約束をして
この世に　生まれて来たのです
あなたが　この世に生まれ　まだ言語を持たない間は
神との約束を忘れず守ろうとするけれど
言語を覚え　言語から出て来る欲得を覚え始めると同時に
神との約束を忘れてしまうのです
約束を忘れ　この世の欲得の世界に入ってしまえば

あなたが　人生の途中であっても
あなたの　側についていた氏神は
神との約束事を忘れたあなたから離れ　あなたは神無しになるのです

この世に生まれれば
神を畏れ敬い
神を念じる事を致しますと
神々に手を合わせ
神を念じる事を実行する事が神事なのです

父母　祖父母は
神と共に　あなたが存在する事を伝え
あなたが　その事を意識し
自然に神を畏れ敬えば　その事が神事となるのです
そして　また　あなたが　子へと伝える事も　神事なのです

神々の結びとは？

現世で生まれ育った人間にとって
太古の昔の人々の日々の過ごし方等は　解るはずも無いけれども
解るはずも無いでは　済まないのです
何故ならば
人間として　この世に生まれて来た原点が　そこにあるからです

人間は本来　見えない神を感じる神力を持っていたのです
風が吹けば恐れ　雨が降れば恐れ　自然の動きに恐れ
自然の中全てに　神を感じたのです
見えないもの　そのものが神なのです
神を畏れ敬い　神に無事を願い感謝し
神と共に過ごしたのです
神は　人間の手を合わせ神を念じる念を力とし
神界における　神と神とを　より密接に結び　宇宙を構成するのです
神は　人間による祈りの念からのみ
神々の結びの力が得られるのです

故に　神は　この世に　人間を創りだしたのです

神は善ではないのですか

神を善と考えない事です

あなた方が　神を善と考えるのは　人間の勝手な思いなのです
神と人間とは
現世において　あなたが神事を務める約束事で　成り立っているのです

神は約束事が全てです
その約束事の務めを　果たさないにも係わらず
自分の欲得からの都合で　神に頼り願っても
神は　何一つとして　人間に報う事はありません

神事は　あなたが　この世に生まれる時の　神との約束事です
そんな事は知らないと言われても
神は覚えており　あなたは　忘れただけなのです
あなたが　神を忘れ　欲得の日々を過ごしているからです
神を　畏れ敬い　手を合わせる事すら出来ず
神との　約束を守らない人間は　氏神に捨てられ　神無しとなり

ましてや 神を捨てたり 穢したりすれば 神障りになり
天の罰として神は 精神病 不具 早死に等で示し
神に謝りなさい と示唆しても
人間は 神も仏も無い！ 私が何をした！ と右往左往するだけなのです

神に 無礼な事をしたとはいえ
神は 人間に そこまで残酷な事をするのですかと
あなたが いくら言おうと どう思おうと
人間にとって どんなに残酷な事であったとしても
神にとっては あたりまえの事なのです

あなたは
神の示唆に気付き
神との約束事に気付き
神との約束事を守る事が あなたの この世で生きる務めなのです

神障りと言うのは　神の祟りですか

そうです

人は　都合　損得　見栄　存在誇示等々の中で日々を過ごすのです

人は本来　上下無く　全て等しいものなのです
しかしながら　人の世は　欲得というものの中で　上下が生まれるのです

この世では
選択肢を多くするために
知らぬより知った方がいいと　いろいろな事を知り
人生が　楽しくなると信じ　学を学び
人より　より上に立ちたい
より金持ちになりたい
より多くのものを手に入れたいと
それぞれの欲を満足させ
あなたが　財産　名誉　地位等々を手に入れたとしても

「それが如何したと」言われれば
あなたの　心の中で
大事なものが　抜け落ち忘れて来たような　気になってしまうのは
人は　この世に生まれ
本当にしなければならない使命を忘れているからです

昔は　山の神　土地の神　水の神と　神々に対し
山を汚さず　木々を大切に扱い
神の土地を　お借りいたしますと　地鎮祭をし
命のもととなる井戸を大切にし
八百万の神々を　祖父　祖母　父　母から子に孫にへと教え伝え
子は孫は　知らず識らずのうちに　神と共存していたのです

土地を離れ　新しきもの　新しきものをと求め
神々に　感謝も挨拶をする事も無く
いつの間にか　神々さえも忘れてしまったのです
人間の都合だけで
神の領域である山は切り崩され　土地は荒らされ
海は埋め尽くされ　井戸も埋められていったのです

神の領域に勝手に入り
敬い畏れる事も無く
山の神に許しを請う事も無く
水の神に感謝を述べる事も無く
人間の都合だけで　好き放題の所業には
神は　神事を忘れた人間共の言い分などは
聞くはずも無く　許せるわけも無く
故に　神障りとなるのです

精神障害の霊系は　そのほとんどが神障りから来るものです
神障りを　外さない限り
精神障害の霊系から　逃れる事は出来ません
神さんに対し　無礼をはたらいたり
神を捨てたり　神を穢した者に
代々七代まで　その霊系が途絶えるまで許す事は無いのです

人間にとっては不幸な事ではあるけれども
神は　神障りを知らしめるために
精神病　障害者　早死に等々で　いろいろな事を示唆するのです

神障り　神の祟りを　許し願う事が　出来ますか

難しいけれども　出来ます

あなたや　あなたの周りで
精神病　障害者　早死に等々の
あなたにとって　残酷な事が　起きてしまった時は
あなたか　あなたの先祖が　神に対して無礼を働いたのです
それに対し　神が天罰として示唆しているものが　ほとんどです

あなたは　それが　神障りと　気付いたとしたら
神の存在を信じ　山か海に向かい　手を合わせ
望み事は一切せず
唯々　無礼を働いたことを許し乞い願う事です
百日目で許されるか　千日目で許されるかは　解りませんし
許されたとしても　それを確認する方法もありませんが
あなたにとっては　それが神事になるのです
知らず識らずのうちに　あなたに　神が　付き添い護り
死後　天上界へ行く事が出来ます
唯々　許し乞い願う事です

輪廻転生　地獄　天国はあるのですか

あります

全ての人間は　死んだ瞬間から
死後の世界　二十五段階の世界にそれぞれに分けられます

一段より十五段までが地獄
十六段より二十一段までが天国と言われる天上界
二十二段より二十五段までが神界

あなたが　この世で神を畏れ敬い　氏神と共に過ごしたのなら
間違いなく　天上界へ行きます

あなたが　神との約束事を忘れ過ごしたのなら
間違いなく地獄へ落ちます

神界は　神の生まれ変わりの人か
この世で神に尽くした人だけの　神々の世界です
そして　輪廻転生が出来る人は　天上界へ　行った人だけです

地獄へ落ちた者は　輪廻転生する事無く
未来永劫　地獄から出る事無く
たった一人で　地獄へ落ちたままなのです

今　この世に存在する　あなたがた全ての人達は　間違いなく
生前は　天上界に居たのです
そして　この世で過ごし　死に
再び　天上界か地獄へ振り分けられるのです

死んだ人々が　全て輪廻転生出来る事は無いのです
あなたが　現世で生きている時間は
死んだ後の　永劫に対し　それは一瞬のものなのです

木の葉一枚にまで
神がいると言われる八百万の神々とは？

木の葉一枚にまで神はいません
神がいる場所は
山の頂 山そのもの 海の中の 見えない山の頂 海そのもの
樹木 岩 滝 井戸等です
島と言われる島々も 海が無くなれば 山の頂になるのです
八百万の神々と言われるのは
自然の中で 目に映るもの 耳で聞こえるもの 気を意識するもの
全てに 神を感じなさいと 教えているのです

日本の神と外国の神とは　違うのですか

全て同じです
国　民族　言葉　宗教等によって　表現が違うだけです

昔　日本は神道であったけれども
仏像を神の化身とした仏教が伝わり
その仏像を　神とは別の仏と思うようになってしまったのです
仏教も　元は神を感じ　それを具現化したものが　仏像になったものです
神を仏ととるか　仏を神ととるか
どちらを　とっても神なのです　仏なのです

人間は死後　神や仏になると言われていますが

なりません

人間は人間です
死後は　天上界へ行くか　地獄へ落ちるだけです

神社仏閣とは？

神への拝所として建てたものが　神社であり仏閣です
神社も寺も　神道と仏教との　教えの違いだけです
どちらも　山　海　氏神の神を祀る　拝所です

神社仏閣は　元々は山の神や海の神とを結ぶ場所として建てたものです
昔は神を感じ　山や海を　穢してはいけないと神社仏閣を建て
その　神社仏閣と山　海の神とを結び［通すとも言います］
あなたが参拝すれば　山　海の神に　挨拶をした事になり
神は神で　その念を結びの力にするのです

山の麓や浜辺に　拝所として建てたものが　神社であり仏閣です
鎮守の社　鎮守さん　山寺等と　言われるものです

しかし　祈りの場所として建てた神社仏閣も
代々継承していく度に本来を忘れ
いつの間にか　そこに　神社仏閣が　あるだけになり
今や　神社仏閣には　神不在が多いのです

人間が　氏神に祈り　ご利益があったと思い込み
その氏神を神社仏閣にしたもの
行き倒れの人間を祀っただけの石仏に祈り
ご利益があったと思い込み　神社仏閣にしたもの
御神木かもしれぬと　木に祈り
ご利益があったと思い込み　神社仏閣にしたもの
ただの岩を　神の岩かもしれぬと　岩に祈り
ご利益があったと思い込み　神社仏閣にしたもの
いろいろな宗教を広めるために　神社仏閣にしたもの等々

今では　そのほとんどが　何を祀っているのかも知らないのです

宗教とは？

人間が　その都度その都度
見えない神や仏を　勝手に具現化したものです

あなたが　現世で　生きて行く上での
心の拠り所として　いろいろなものを信じるのは　悪い事ではありません
人間が作った宗教も　最初は　神や仏を信じ理解し
神に通じた者が　万民に神や仏を理解させようと説き始めたのです

しかしながら　伝える者も　現世の　人間の欲により
時の流れと共に
いつの間にか　神仏本来のものとは違うものになってしまい
本当の神仏の事すら解らなくなり
理解する事も無くなってしまったのです

人間が作った宗教は　時の流れと共に　人間が求めやすい　愛とか心とか
全人類にとって　あたりまえの事を基本にして作り出し
神仏と　何の関係も　何の意味も無い関わりや取り決めを振り回し
無理矢理こじつけた理屈では　人々は救われる事も無く
幸不幸になると信じさせるのは　神や仏では無く人間なのです

あなたが　現世のいろいろな欲の中で　生き過ごして行く間には
自分自身の無力さに
何かにすがりたい　という気持ちが　宗教というものに頼りこだわり
逆に　宗教というものに　取り憑かれ右往左往するのです
人間がこの世に生きて　何かに頼ろうとする心は理解は出来ても
宗教には神がいないのです

神は神であって　宗教では無いのです

曼荼羅の意味は？

曼荼羅は宇宙での神の配置です
曼荼羅は仏の世界で書かれているけれども
神も仏も同じです　表現が違うだけです

曼荼羅は　太陽神を中心とした　金剛界と胎蔵界があります
宇宙での神の配置であり
地球上の神の配置であり
日本国の神の配置でもあるのです
宇宙では　太陽神の下に　金剛界と胎蔵界があり

金剛界は
地球を中心とした
水星　金星　火星　第五惑星　木星　土星　天王星　海王星の神々が従い
今だ人類には不明ですが
太陽を中心とする　胎蔵界の九つの惑星があります

地球上においては
エベレストを中心に
イラン　ヘザルマジェンド山を中心とした金剛界を構成し
コロンビア　サンタマルタ山を中心とした胎蔵界を構成し

日本国では　淡路島　白巣山を中心にして

滋賀　伊吹山
奈良　冷水山
徳島　剣山
広島　彌山
鳥取　大倉山
島根　神名火山
鹿児島　桜島
長崎　普賢岳
沖縄　多良間島

による金剛界

北海道　大雪山
青森　恐山
岩手　岩手山
群馬　武尊山
長野　蓼科山
富山　薬師岳
山形　朝日岳
秋田　冷水岳
福島　磐梯山

による胎蔵界を構成し

両界　白巣山に従い　両界曼荼羅になっているのです

曼荼羅は
宇宙　地球　日本　それぞれの神々を表したもので
その神々の配置は　悪神に対しての戦闘配置なのです

死ぬ事が怖いのですが……

あなたに　死の経験が無いからです

あなたが　生きるも死ぬも　全ては自然の営みなのです
死ぬ事を　怖がる事は無いのです
生き死には　時の流れと共に　巡り行く季節と　同じなのです

生と死を　別のものと考えない事です
生と死が　一つのものとしての　あなたなのです
神と共に　この世に生まれ　神と共に天上界に行ったとしても
神と共に　この世に生まれ　神に捨てられ　地獄に落ちたとしても
それら　全てが　あなた自身なのです

人間の一生には　二通りがあるのです
一つは　天上界より選ばれ　この世に生まれ神と共に過ごし
死後　天上界へあがり輪廻転生により　またこの世に生まれる者
一つは　天上界より選ばれ　この世に生まれ　神に捨てられ過ごし
死んで　地獄へ行く者の二通りだけなのです

生あるものは　必ず死んで逝きます
既に　あなたが　今まで目にして来た事です
死ねば　無になるとか　天上界へ行けるとか思っている人は
安心して死ねばいいのです
いい人生を送ったから　いい人生だったと思わない事です

死ねば　全てが解ります

人間界

人間世界を　眺むれば　夢幻の如くなり　ってか〜！

神界は　人間共が　どう思おうが　どう言おうが
間違いが何一つ無い
それに比べて　人間界の事なんぞ
間違いだらけで成り立ってるようなもんや
にもかかわらず
人間界の事は　人間界を見て来たおまえが人間界の疑問に答えてやれ！
って言われ
あなたの疑問承ります　先着一名様一日限り　担当　神さん
と札を下げては　みたものの
朝から　だ〜れも来ん！

と！　いきなり　飛び込んで来たのが
どう見ても　二　三歩遅れた　あんたかいっ！
出来たら　もうちょっと　ましな……と思う間もなく

あんた神さんやろ！
なっ！ なっ！ 教えて教えて！ って
ほんまに あんたは怖いもん知らずの典型的な奴や！
ほんでもっていきなり 悟りって何やのん！ ってか！
なんじゃ！ こいつは！

何をぶつぶつ 言うてんの！
早よ 悟り教えて！

いったい何者や こいつは！
どう見ても 思慮深い子には見えへん！
どっちか言うたら 軽い！ 軽いだけと違う！
訳の解らん奴でも相談に乗れと 言われてるから
あんたの言う事には答えたるけど おまえに解るか？

解るかどうか 聞かな解らん！

わてがぶつぶつ言うてたのは
神さんの世界は　昔々から
何一つ変わる事のない　白黒がはっきりしてる
それに比べて　人間界は
いつの間にか欲と損得だけで生きるようになってしまって
上から見てると　こいつらいったい
何のために生きてんのやと
おもろいと言うより　あわれで悲しい！
と独り言を言うてたんじゃ！

独り言は　一人の時に言うて！
そんなことより悟り！

ええか？　相談受け付けます　と言うたかて
人間の生き方過ごし方で　ずいぶんと価値観が違うやろ？

百人が百人　同じ質問して来て
こっちが真面目に答えても
百人が百人　違う思惑で取ってしまう
げに　ややこしいのが人間世界や

ややこしい話しは　横置いて！
表に　あなたの疑問承ります　って書いてたから来たんやで！
うち　疑問だらけやし　頭ぐちゃぐちゃや！
そやから神さんは　うちの質問に答えてくれたら　ええねん！

この　わてに対して　ええねん！　てかっ！
まぁええ　あんたら人間の気持ちになって　答えたるけど
人間は　自分にとって　都合のええように解釈して
それを　知った振りして　人に喋ったりする　けったいな生き物や
わてが　あんたに答えても
あんたも　その答えを　違う形で取るやろ

こっちは　こっちで　言うだけ言うから
あんたは　聞くだけ聞いて　好きなように解釈したらええ
何やったかいな？　悟りか？

神さん　理屈が多い！
聞いて！　うち　そんなつもりや　ないんやけど
ちょろちょろちょろちょろ動くみたいで
ちょろちょろ動くな！　ちょっとは落ち着いて考えて動け！
って怒られっぱなしや
どないしたら　落ち着いて考えて動けるんや？
と聞いたら　いろいろと悟る事やな　って言うけど
悟れ！　って言われても
何の事やら　さっぱり解らんし
神さんに聞いたら教えてくれると思ててん！
ほんまに神さんていてんねんなぁ～
神さんて　うちらを　偉そうに上から目線で見てる思てたけど

おっちゃん 気さくそうやからええわ！
待てぃ！ 神さん つかまえて おっちゃんてかっ！
あんたと 会うた時から
得体のしれん人間やと思てたけど そのままや！

なな はよ 教えて 悟りって何？

バタバタするな！
悟りか？
あんたは 悟りなんぞは求めんかてええ！
悟りなんぞは 求める方が 狂てるとしか考えられんやろ？
ええか だいたい 悟りを求めたがる奴は 雑念が多いからや
欲から生まれる雑念を
取り払おうとする気持ちから逃れたいがために
訳も解らずに 悟り悟りと言うてるだけや！

悟りを求めたら　雑念が消えると思っているだけなんやぞ
雑念が消えるか！
雑念があるから欲の世界で　生きて行けるんが解らんか？
だいたいやな　わてかて　悟りの意味が解らん！

まぁ　はっきり言えるのは
死んで天上界へ行った奴は
雑念が一切無いから　それが悟りと言えん事は無いけれど

地獄へ落ちた奴は　死んでも雑念の塊や！
結局　死んでも悟れん！
死なな解らん話しなんぞに時間を使うな！
あんたは　悟りなんて事は　気にせんかてええ！
それより　あんたに　悟りなんて言葉を遣う奴の顔が見たいわ！

よかった〜！

ほな 悟りなんて言われても 知らん顔してたらええねんな？
次！ 次！ 質問！
うちら ぼ〜と してたり 悩んだりしてたら
何をしてんねん！ 人間は 成長するためには もっと悩まな あかん！
って言われるけど どれだけ悩んだら 成長するのん？

待て！ ここは人生相談室と違う！

何でも質問し 言うたやん！
質問すんのに いちいち悩まな あかんのか！

解った！ 答える！
賢ぶった人が もっと悩めと言ったら
おまえこそ悩め！ 悩んで狂え！ と言うたらええ
ええか 人間は悩んだら あかん！
悩み過ぎた奴は狂う！

特に あんたは 悩んだらあかん！
悩んだから言うても 悩みからは 何にも見い出す事は出来へん

簡単な話しや
何で 悩むかを 考えたらええ
悩むという事は 物事が 解らへんから悩むんやで
既に 自分自身の能力を 超えてしもてるんや
悩めば悩むほど 狂てしまうんやで

この世の首吊りは
悩み狂った人間と 裏付けのないプライド喪失を持った
二種類の人間だけが首を吊ってしまうんやぞ

ええか 悩むという事は
既に 自分自身の 能力を超えてると思たらええ
そこから どれだけ悩んでも 何にも出て来るはずがないやろ

解るか？　悩むと言うくだらなさが……

人間は　考える事なんや
考えるというのは　あんた自身の能力の範囲やろ
考えて考えて考えたら　正しくとも正しくなくとも結論が出る
考えて考えて考えて
んっ！　これは自分の能力の範囲を超えてる
と思った瞬間に　その問題は悩みに変わるんや
その瞬間に　その問題は捨てたらええ！

心配せんかて　あんたかて　少しずつでも成長するもんや
昔　悩んでた事が
ある時が来たら　すぐに解決出来るのは成長したからなんやで
簡単に考える事が出来るようになったからや

昔　あれだけ悩み悩んだ事は　その後　何の役にも立たへんもんや

あたりまえやろ？　何一つ結論が出てへんからや
悩みたくなかったら　いろいろと経験と学習を重ねる事や！
悩む時は　ほっとくか　能力のある奴に　教えてもらうかだけや
生き過ごしてる間には　解りたいと思っても　解らない事もあるし
解りたく無くても　自然と解ってしまう事もある
それを　ああやこうやと悩んで　バタバタするくらいなら悩むな！

解ったか？　悩むと言うくだらなさが……

ん　聞いてたら　何となく　また悩みそうやから
次っ！
ちょいちょい　あっちやこっちで
私たちも　あなたたちも生かされているのです　って意味わからん事を
言うてるおばはんや　おっさんや　坊主がいてるけど
生かされてるってどういう意味？

誰に生かされてんの？
生かされている って どう言う事？
いったい 誰に生かされてんのか 訳解らん！ 教えて！

次ってか！
あんたは 遠慮っちゅうもんも 言葉遣いも まともに出来へんのか？
どう見ても 普通の子と違うのお

なな 普通の子って何？ どんなん？

うるさい！ お前以外の奴じゃ！
まぁええ あんたと巡り合うたのも 何かの結びやろ

何や？
生かされている ってか？
誰にや？ 人間勝手に生きてんのと違うんか？

人間は　訳の解らん理屈をつけて　自分自身を誇示したがるもんや
私は　生かされているのです
故に　生きてることに　意味があるのです　って言いよる
あんたの周りの連中は
ひょっとして　神さんに　生かされてると　思てんのと違うか？
阿呆か！　生まれた意味も　生きてる意味も解らん奴が
何が　生かされているや！
誰にや!?　こっちが教えて欲しいわ！

そんなに　ぽんぽんぽんぽん　うちに　言う事ないやん！
神さんて　気ぃ短いんか？

ごめん　つい　人間の理屈考えてたら　むかついて来ただけや
あんたは　そんな訳の解らん理屈無しで　生きて行けるから　大丈夫や

何が　大丈夫なんや？　……　たくっ

まぁええわ　そやけど　そりゃそうやわなぁ
そやなかったら　死ぬときかて　死なせていただきます
ありがたい事です　ってなるわなぁ
七十も八十も過ぎた　おじいさんや　おばあさんなら言えても
四十や五十では　なかなか言えへんわなぁ

偉い！　その通りや！
どんな悲惨な死に方したかて
死ぬ時に　それが言えたら立派なもんや！
そりゃ生かされてた　と言う言葉が生きて来るわ！

次　幽霊っていてる？

何や　急に幽霊の話しか？

うちは幽霊なんて　見た事ないけど

うちの友達なんかは　見た見た言うし
見える人と　見えへん人がいてんのん？

幽霊はいてる！

幽霊ごときの話しは
たかが人間の事　どうでもいいけど　話しはしといたる
ええか　あんたが　この世において　いかに成功しようと
人々に愛されたり　親しまれようとも
納得のいく人生を送ろうとも
神との約束事を守らなければ　死んだら地獄に行ってしまうんやで

行った瞬間に
何で　現世で　あれだけの事をしたのに！
その私が　何でこんな所へ来たんや！　と納得できず
地獄の苦しさに耐えられず

この世の人々に対して助けてくれと叫んでも　誰にも気づかれず
それが恨みつらみに変わり
この世の人々に対して
何で　私を助けへんのや！　とこの世に出てくるのが幽霊や

幽霊と言われるものは
地獄へ落ちたものが　助けて欲しいが為に出てくるけど
訴えても訴えても解ってもらえず
未来永劫　地獄で　のたうち回ってる連中の事や

怖っ！

地獄に行かずに　天上界へ行った連中は
この世になんぞ　何の未練もあらへんし　思い込みもあらへん
化けて出ようにも　化けて出る発想が　あらへん

この世に出て来る　幽霊の類は
地獄から助けてくれと言って　幽霊となって　出て来るけれど
霊感のある奴は　その幽霊の姿が見える時があるんや
ぼんやり見える人と　はっきり見える人がいてるけど
それは霊感の強さのせいや
幽霊は　助けてくれ　助けてくれと　ここから出してくれ　と言ってるけど
霊感が強くても　なかなか声までは聞こえへん
声が聞こえても　何を言うてんのか　さっぱり解らん！

幽霊なんぞ　救いようのない　どうしょうもない連中や

見える人と　見えない人とは
人間が本来持ってる　霊感の違いや
昔々の大昔は　ほとんどの人が　霊感を持ってたもんや
神さんを感じるものと　人や霊を感じるものと　二通りある

昔は　どちらも持っていたものを
神さんの事を忘れた連中は　人しか感じ無くなってしまったし
文明や文化や得や損やと　言うてる間に
神も人の霊も　感じられへんように　なってしもうただけや

見える奴は　幽霊いてる言うけど
見えへん奴は　それは科学的に　どうのこうのと言ってるだけや
あんたは　今は霊感が無いから　幽霊どうなんやろと　思てるやろけど
霊感て　感覚のもんやから
あんたかて　ある日突然　幽霊が見えるように　なるかもしれへんのやで

空き地なんかで立ってる霊は　昔ここに　私の家があったのに　無くなってる
どこへ　いったんやろ？　とうろうろしてる奴で
病院なんかで　うろうろしてるのは　そこで亡くなったからや
とにかく　どこで死んでも
地獄へ落ちて　諦めた奴はともかく

諦めきれん奴が　幽霊で出て来るだけや
そやけど　質の悪い事に　この幽霊連中は
神さん持ってない奴や　神障りの連中に憑依して悪さをしよる
鬱陶しいと言えば鬱陶しい連中やけど
地獄は耐えられへんからしょうがない　出て来るもんは　出て来るて

死霊と幽霊は違うのん？

同じや！
地獄へ落ちた奴は　みんな死霊になっとる
そやけど　ほとんどが
あ〜死んだなぁ〜　地獄やなぁ〜　助けて欲しいなぁ〜助けて〜
と言うてるのが死霊という連中や
この連中は　姿を見せる事は　ほとんど無いけれど　気だけはある
そやから　夜中に　お墓なんかに行くと　ゾクッとしたりするやろ？
そやけど　私は　まだ生きてる！　私が見えんのか！

あいつのせいで　こうなった！　こうなったんは世間のせいや！
何で地獄やねん！　助けんかい！　助けてくれ！　と恨みつらみを持って
執念みたいなもんと　地獄の苦しさから助けてもらいたいがために
助けてくれ　助けてくれと　出て来るのが　幽霊や
どっちにしても　地獄に落ちて　救って欲しいと　願うだけの連中や

でも　どっちにしても　人に　取り憑くんやろ？

姿の見えへん死霊は　取り憑いても　悪さは　せえへん
唯々　助けてくれ　助けてくれと　すがりつくだけや

ほな　生霊《いきりょう》って何？

生霊は　現世での　人間同士の事や
人間が人間に対して
あいつが憎い　恨めしいと思う気持ちを

念を持って相手に ぶつけるのが 生霊と言うもんや
藁人形や呪術なんかが それや
念を受けた相手が 氏神を持ってなかったり 神障りなんかであれば
その念を受けて 身体や精神に悪い影響を与える場合がある
逆に 相手に氏神がついてたりすると
氏神が 念を祓って その念を相手に返す事になるし
念を出した側より 念を受けた側の方が 念の力が強ければ
相手の念を 撥ねかえす事になる
念返しと 言うもんやな
念返しに遭うと
念を出した側に 返って来るから 出した側が調子が悪くなる
まぁ 生霊は 人間界の欲の塊みたいなもんや

霊って いろいろ あるんやな

霊と名が付けば　全～部人間事や

地縛霊って何？

こんどは　地縛霊ってか？
あんたらの言う地縛霊言うのは　どっかに　じっとしてる幽霊の事やろ？

交差点なんかにいてるって言うてるで
そやから　どっかの交差点なんかは事故が多いねん　て言うてる

地縛霊言うのは　幽霊と同じや
どこにでもいてるけど　ただの霊や　あんたらが　勝手に作った言葉や
橋の上とか　崖の上とか　あっちこっちにいてるし
車も怖がらずに　平気で車道歩いてる
交差点なんかにいてるのは　交通事故で亡くなった連中やろ
事故に遭うて死んだけれども　地獄へ行った奴が

なんで　俺は　事故に遭うて　地獄に落ちたんや！　と
恨んで　現場でうろうろしてる奴や

神さん持ってない連中や　神障りの連中に　悪さして
また　事故を起こすようにするから　事故が多くなるけど
向うへ行け！　言うても　またどっかで　同じ事をするだけや
な？　人間は死んでも　性質がわるいやろ？

神さんて　根っから人間を信用してへんねんな！

出来るかい！
わてら　今まで　とれだけ　人間共に裏切られて来たか
あんたなんかの想像を絶するもんや
人間で言うたら
生まれてから死ぬまで人に裏切られ続けられたようなもんなんやぞ
おまえ耐えられるか?!　人をそれでも信用できるか?!

無理！
人間の苦悩なんぞ　神さんの苦悩に比べたら　屁みたいなもんや

下品！
もののけて何？

今　神さんに向かって　下品！　て言わへんかったか！

言うてへん！　そんなことより　もののけ！

物《もの》の怪《け》か？
物の怪は　いろいろなものがあるけど
一つは　地獄へ落ちた連中の　何十何百何千人の
おぞましいほどの　現世での　後悔　ひがみ　妬み　恨みが集まったものが
悪気として感じさせたり　訳の解らん姿に変えて現れたものが

もののけと言われるもんや
まぁ恨みつらみの念の塊みたいなもんやな
無縁仏とか　お墓の近くなんかで集まっとる！
それもこれも地獄に落ちた連中の
この世に残した未練の塊と思ったらええ
もう一つは　生きている連中がある一か所で　恨みつらみを念じ念じて
その念が集まったものが　物の怪に変わったもんや
解りやすいところは水子供養なんかをしているところや

気ぃつけなあかんのは　願い事をする　神社や　お寺なんかにもいてる

どちらも　神障りや　神さんを持ってない人間にとっては
やっかいなもんで　簡単に憑依してしまう

憑依したらどうなるのん？

憑依されてても　気がつかん奴もいてるけど
気がつく奴が悲惨なもんで
憑依されると　身体の調子が悪くなったり
訳の解らん姿が見えたり　何を言うてるのか解らん声が聞こえたり
精神的に狂うと言うより　狂わされるようになってしまう
訳の解らん姿が見える！　解らん声が聞こえる！　って言うだけで
病院へ入れられて　終わりや！
あんたも　気ぃつけて　あっちこっちお参りしてたらあかんのやで

水子て　まだ人間と違うんと違う？
それでも　何かあるのん？

妊娠した時には　既に　この世に人間が生まれたという事や

ほな　流産なんかした時とか　事情があって堕ろした時は　どうなるのん？

流産は　こっちが選んで授けても　母親の健康までは解らん
それで流産になっても　氏神が　ちゃんと天上界へ帰してくれる
そやけど　堕ろすという事は　殺すという事や
殺された子供は　同じように氏神が天上界へ帰してくれるけど
殺した奴は　事情は関係あらへん　立派な神障りや！

ほんまに　神さんて　はっきりしてるなぁ～　事情は関係あらへん！　やて
もうちょっと　うちが　おろっと涙ぐむような
話し方とか　情けのある話し方が出来へんか？

無理！

たくっ！　精霊とかは何？

精霊は霊とついてるけれど　精霊は人間が勝手につけた名前や
精霊は氏神や

精霊は　見た人が持ってる氏神や
氏神を持ってない奴には　出て来んし　見る事も無い！
氏神を持ってる人が　危ない時なんかに
ふっ　といろいろな姿で現れて　護ってくれたりする
精霊が現れたら
懐かしい人に会ったような気がするのは氏神やからや
霊と精霊は　まったく違うもんや

うちも　見る事あるやろか？

あんたが　氏神を持ってたら
霊でも　もののけでも　憑依する事は無いし
精霊を見る事も　あるかもしれんけど
氏神を持ってなかったら　どうなろうと知らん！

な！　な！　うちって　氏神持ってる？

神さんやったら　解ってるんやろ？
言うて！

言わん！
あんたは　人間共に囲まれた　人間の疑問だらけで
神さんの　話しが一つも無い
あんたが　氏神を持ってたか　持ってなかったかは　死ねばわかる！

何やのん！　それ
死んで解ったかて　どうしようもないやん！
まぁええわ　死んでから考えるわ

えらい！　それでこそ　現世の人間や！
死んでから考えられたらええけど　遅いと思うで

ええねん！

そんな事より　神さんの言う　人間共に囲まれた疑問が先や！
やっぱり　あんたは　普通の子と違う！
なっなっ　普通の子って何？　どんなん？　どんなん？
うるさい！　お前以外の奴じゃ！
また　お前以外の奴じゃ！　って言うけど
うちの周りの人の方が　変なん　いっぱいいてるで！
おまえが言うな！
次っ何や！　あんたの疑問は！
何や　うちと　喋るんが面倒臭くなって
早よ答えて　早よ帰ろ思てへんか？　帰さへんで！

……………………

何とか如来とか　何とか菩薩が　あなたの守護霊ですって言うけれど
守護霊って何？

何？　守護霊？
守護霊って何や？
霊という言葉は　人間事やいうてるやろ！
そんなもんが　取り憑いて　どうすんねん！
地獄に落ちた奴が　まとわりついてるだけやないか
仏教でいう　如来や菩薩というのも
見えないものを具現化して人間が勝手に如来や菩薩と言うてるだけや
神に名前はあらへん！
人間が言うてる守護霊を　守護神と言い変えるのなら
生まれた時から　一緒について来てくれた　氏神が守護神や

人間には　氏神以外　護ってくれる神さんはいてへん！

あんたらは　見えない世界のものを怖がって
何かに護ってて欲しいと思う気持ちから守護霊って言葉が出来ただけや
氏神に捨てられたら　何に取り憑かれてもしょうがない
人間は　氏神に　捨てられんように　生きていかなあかんのやで！

あんな　うちの近所で霊媒師とか言うのがいてて
それが　あなたの後ろに　おじいちゃんがいてて
お祓いするとかとか何とか言うてるけど
実際　どうなん？　何がどうなってんの？

霊媒師てか？
それより　お祓い　言うのは神事で遣う言葉や
人間事の　霊ごときで　遣う言葉と違う！

霊媒師が　霊が見えるのは　不思議でも何でもあらへん
霊媒師でなくても　見える奴は見える

そやけど　変なんが憑いてたら　除霊とかいうて　お経か何か言うてるで

そんなもん　見える奴やったら
霊媒師で無くても誰でも　どけっ！　言うだけで　霊はどっかへ行くもんや
だいたいやな　後ろに　おじんも　おばんも　あるかい！
そんなんは地獄に落ちた奴が　助けてくれと　出て来てるだけやと
さっきも言うたやろ！

そやけど　霊が　何やかや言うてる言うて　言うてるで

ややこしい日本語遣うな！
ええか！　地獄へ落ちた奴は　助けてくれ以外は　一切喋らん！
それを　ああ言うてる　こう言うてる　言うのは嘘や！

嘘やと思うんやったら 霊に 貯金残高や隠し場所 聞いたらええ
ついでに 社長やったら 事業計画も 聞いたらええ！
何も喋らへんて！
その霊媒師たらいう奴が 除霊は出来ても
その 外れた霊は またどっかへ行くんやで 何やそれは？

そやけど
あなたの後ろに おじいさんが憑いてます
あなたを護ってます とか何とかも言うで

阿保か！
地獄へ落ちた奴が どないして護るんじゃ！
それは 地獄に落ちてるから助けてくれ！ と憑いてるだけや！
だいたいやな 現世ならともかく
死んだ人間が人間を護る事なんか出来へん！
そうやって 霊を感じたり見える奴が

ごじゃごじゃ言うて 人を たぶらかして
ああでもない こうでもないと 勝手に言うてるだけや

ほんまに 霊をこの世から消そうと思えば
浄霊というて
その霊が この世に存在しなかったように消してしまうか
天上界へ上げてやるしか方法が無いんや
言うてみれば 人間を司る神界の話しや
そんなもん 人間ごときが出来るかい！

人間ごときて……
神さんから見たら 人間て そんなもんなん？

そんなもんや

そやけど 人間は万物の霊長って 言われてんのやで！

人間は万物の霊長ってか?
人間は万物の霊長とか 尺度とか言うてるけど
人間と動物の違いは 恨みがあるか無いかだけや
人間には恨みが付きもんやけど 動物には恨みが まったく無い

そやけど 犬でも 猿でも 怒るで

それは 動物の生存権や 子孫を残すための本能や
人間 勝手に魚殺して食べたり 牛殺して食べたりして
共に生きるとか おかげです 供養ですと
何やかんや 理屈つけてるけど
殺しても 殺しても 向かってこんからや
魚に恨みがあったら 漁師も出来へん 泳ぐ事も出来へん
大根や キャベツかて ミミズに食われてしまうし 動物園かてあらへんて
動物に恨みつらみがあったら 人間なんぞ とっくの昔に滅亡してる

そうやなぁ　ゴキブリ叩くのかて　向かってこんからやなぁ
一匹叩いて　次の日に　部屋にびっしりゴキブリがいてて　向かって来たら
ゴキブリホイホイなんか　使ってられへん！

人間が偉い！　てな事を言うてるのは　人間だけや
同じ動物生物に変わりはないけれど　他の動物生物が持ってないものを
人間が持っているだけの事や　それが恨みや
恨みを持ってるだけの事で　万物の霊長とか言うてるだけや
あんたかて　あの人　嫌！　とか
あいつムカつく奴やなぁ〜って言うのいてるやろ？
そいつが　ちょっとでも動くと　何を動いてんねん！　となるし
そんな奴に　おちょくられたりでもしたら　一生恨むやろ？
恨む時間が　無駄とも思わずに恨む
それが人間や！　万物の霊長や！　解ったか！

ん〜　うちがゴキブリやったら……

考えるな！　おまえは　間違いなく　ちょっと足らんでも人間や！

何やのん！　ちょっと足らんでも人間て！
ちょっと足らんでも
毎日毎日　朝から晩まで　頑張って生きてるで

生きてるだけや
頑張らんかてええ　人間は頑張るために　生まれて来たのと違う
神事をするために生まれて来たんや

何やのん　神事　神事て！　何で神事せなあかんのん

神界読め！

読んだけど　何で神事せなあかんのんかが解らん！

さっき会うて　いつ読んだんや！
まぁ　細かい事はええ
ちょっとは理解してたんや　偉い！

神事というのは
神を思い　畏れ敬い　無心に手を合わせる事だけや
昔は　神社や　寺なんかである祈りは
そこに　神さんや仏さんがいてると思って　畏れ敬い　祈っていたもんや
それが　いつの間にか　作法だけになって
神仏そのものが　解らんようになってしまったのが現実や
そやけど　神事というのは　作法なんかはいらん！
あんたに解りやすく言うと　朝起きた時に
知り合いの人とすれ違ったら　おはようございますと言うやろ？
それと同じで　朝起きたら
空や山に向かって　そこに神さんという知り合いがいて

おはようございます　と手を合わせて挨拶するだけの事や
夕方でも　夜中でも
こんばんは　おやすみと手を合わせて挨拶するだけの事や
な？　ああやこうやと言うより　やってみたらええ
それが習慣となって　あたりまえになってくると
意識をしないうちに　あんたの人生が変わっていくて！
あんた自身は
変わって行ってる事も　気が付かへんやろうけど　確実に変わる！

そんなんが　神事なんか？

そんなんと言うな！
それだけのために　人間は生まれて来てるんやぞ！
おまえみたいな奴ばっかしやから
神事の話しをすると　ああでもない　こうでもない
それをしたらどうなるのん？

せんかったらどうなるのん？　としか言えんのじゃ！
何のために生まれたのか　何のために生きてるのかを
数字だけの価値観でしか
自分の価値を見出す事しか出来へん奴ばっかしや！
わてらから見たら　そんなもん　何の価値もあらへん！
神事というのは　神を思い　畏れ敬い　無心に手を合わせる事だけや！
それが神事や！

神事て　よう解らんから聞いただけやのに
そんなきつい言い方せんかてええやん！
なな　地球滅亡するん？　この世の終わりはあるのん？

ある

いつ？

ほんまに あんたと話してると疲れる！
よお そんなに短絡的に ころころころころと話しが跳べるなぁ

いつ？

いつてか？ 神さんが一年後と言ったところで
神界と人間界との時間の差が あんたには一切解らんやろ
わてにも神界と人間界との時間の差が よう解らん

だいたいやな 時間なんてのは人間が勝手に作って言うてるだけや
人間は 日が昇って沈んで次の日に昇って一日なんて言うてるけど
神界は一秒かもしれへん
神界の一日が人間界の十年かもしれんし百年かもしれん
わてら そんなん気にしたこともあらへん
気にしてたら 人間界でいう何億年も神さんやってられへん
な？ 話しが だんだん解らんようになって来るやろ？

確かな事は　地球そのものは残るけれども
生物は人類共々全て滅亡する

現世の人間のやってる事は
子孫のためにどうたらこうたら言う割には
やってる事は　とにもかくにも今！　や
地球の事も　子孫の事も　何にも考えてへんて
神さんの領域の中で　あんまり好き勝手をせんほうがええけど
欲得しか　考えられへん人間共には　無理！

ええか　もともと地球かて　人間は　いてなかったんやぞ
今の人間は　今の人間だけを軸に　進化や何やと物事を考えるけど
今の人間が生まれる以前にも人間は　いてたと考えなあかん
その人間が滅亡して　人間世界の何十億年が経って
今の人間が生まれたと考えたらええ

地球は生きてる自然の塊なんやぞ
いつ何があっても不思議でも何でもあらへん
何か大きな災害が出た時に　天災や！　と言うてるけど
わてらから言えば　天災なんて言葉はあらへん
地球の都合で動くだけや
自然に勝てる人間なんか　いてへんし
人類が滅亡するのは　あたりまえの事や
それでも　神々は　地球上に存在しているし
また　新たな人間を創り出すて

神さん　話しが跳び過ぎて解らん！

わてが　あんたにとって　どんな大事な話しをしたところで
あんたは　見えない世界の事は横に置いて
あんたの身の回りの事しか見てないやろ？
さぁさぁ　解らん話しや　地球や神事より

あんたは　身の回りの事が　気になるんやろ？

そうや！　頑張って生きるって話しや！

頑張らんかてええ
人間は頑張るために　生まれて来たのと違う　と言うたやろ？
頑張っても頑張っても　どうにもならん事て　あるんと違うか？
そやけど　どうにもならんでも　頑張るという事が
せめてもの　この世に生まれて来た　という自己満足にはなる

人間の世界は
頑張った奴には　何かが待ってる権利を持つ事は確かや
頑張らん奴には　何の権利もあらへん
あんたかて　頑張る頑張ると　言ったところで
何を　頑張ったらええのか　解らんのと違うか？

ええか　わてらは　あんたらが　死んだ後が　大事な事やと教えるけど
神さんを持ってようと　持ってなかろうと
この世に　生まれて来たからには　生きてる間は楽しむ事が一番や
楽しむためには　何をしたら楽しめるかを考えなあかん

何にも　せんかったら　何にも生まれへん
何かしたら　何かが生まれる　あたりまえの事や
動かへんかったら　何の問題もあらへん
動いたら動いたで　問題が次から次へと出て来る
これも　あたりまえの話しや
それでも　動かへんかったら　何の経験もあらへん
動いて　問題が生じても　それが経験として残る
あんたは　何かをする時に
これをしたら　得するやろか　損するんと違うやろか？
と考えてるうちに
何にもせずに　時間だけが過ぎていくだけやろ？

何をしたらいいか　解らんかったら
とにかく　生きてさえ　いてたらええ
病気になったら　死んだらええ　と思う事や
ほんとは　人間は　それだけで　充分なんやで

そやけど　現世の　欲の世界では
そんな　超越したような考えはなかなか持たれへん
とにかくにも　あんたが　現世で楽しむ過ごし方の一つは
正しかろうが　間違っていようが
目先のもんでも　遠くのもんでも　追っかける事や

うちら　その　目先の事さえ　解らへんのやで
わかりやすく言うて！

あのな　まず一番最初に考えるのは　とりあえず人の下について稼ぐか

稼ぎは無くても　一人で　何かを　し始めるか
どっちにするかを　考えなあかん

神さん　ものすご～く　人間ぽい　話し方してくれるけど
それも　考えられへん

自分がしたい事や　やりたい仕事を
十でも二十でも紙に書いて
書いたものが　今の　あんたの情報量や
次に十でも二十でも書いた中から
どう考えても無理！　と思うものを　削除していって
その　最後に残ったものを
自分のしたい事　やりたい事として決めるんや

稼ぐ　稼がない　面白い　面白くない
は関係無しに　周りを見ず　自分のものにする事だけを考えて

四　五年頑張ったら　何かが間違いなく　生まれる
四　五年過ぎてしまうと　あんたの　最初のしたい事や　やりたい仕事が
違う方向へ　変わるかも知れへんけど
それも　四　五年　頑張ったから生まれた結果であって
何にもせんかったら　何にも変わらん
今のあんたの　四　五年なんぞ　失敗したところで　どうって事あらへん
失敗したら失敗したで　失敗した値打ちというもんがあるやろ?

それも　考えられへんわ

死ね!
おまえなんぞ　生きてる価値が無いわ!
早めに重い病気になって　死んだらええ!
病気で死ぬのは　神さん許す!

神さん持ってようと　持って無かろうと　神障りでも

生きてる間は　楽しまなあかんて言うたやろ！
あんたかて　生きてる間は　楽しみたいやろが！
楽しむというのは　周りが　あんたを　どういう目で見ようと
自分の価値観で楽しむという事や
自分の価値観で楽しむという事は　自分自身を持つという事やぞ
自分自身を持たへんかったら　周りに同調するだけになってしまうだけで
自分の価値観というのは生まれへん！
あるのは　我がまま気ままだけや！

理屈っぽ過ぎる！
何やのんそれは！　神さん　ご飯　食べんかて　ええから
そんな理屈が言えるんや！
うちら　ちょっと食べ過ぎのところあるけど　アホでも腹減る！
何が　価値観や！　価値観で飯が食えるんか！

食える！

え～！ 価値観て ご飯か？ おかずか？

ボケッ！ 根っからの阿保やのぉ！
阿保が 横向くぐらい 阿保じゃ！
まぁええわ 死んでから考えるわって 言うたな？
何が 死んでから考えるや！
おまえなんぞ 死んでも考えられるかい！

何やのん！ その言い方！
阿保が 横向くて 見た事もないもんを 神さんが言うて ええんか！

おまえも 理屈っぽい！
自分の価値観を持っとかな 飯も不味い という事や！

は？

神さん　男の人の立場で　話してない？
この世は　男と女と　ややこしいので成り立ってんのやで
神さんの　話しは　男の話しや！
うちら女は　美味しいもん食べるだけで充分　生きてて良かった～やで
価値観いらんねん！

それやったら　頑張って生きる話しも　いらんやないか！

そんな　ややこしい話しやったら　いらん！

いらんて……

うちが聞きたいんは
頑張ったら　何かが何とかなるか　という事を聞きたいだけや

これだけ言うても解らんのやったら　おまえは無理！

何やのん！　それ！

あんたの言う
頑張ったら　何かが何とかなるか？　の意味がまったく解らん！
あんたは　頑張らなくてもええ！
ええか
唯一　人間の世界で　はっきりしてるのは
欲心が　あらへんかったら　何事も出来へんと言う事や！
もう一つ！　能力以上の稼ぎは無い！　と言う事や

悪い事してもか？

悪い事　いい事は　誰が決めたんや？
悪い事しようと何をしようと　それはそれなりの能力や
悪い事までして……

と言ったところで　それは悪い事をする能力が無いからや
あんたに聞くけど　あんた　いい事出来るんか？
いい事も悪い事も出来へんのやろ？
だいたいやな　悪い事　いい事が　何かも解ってないやろ？
人間世界の　物になったらええ　金になったらええ
何を言ったら得する損する
何を言わなかったら得する損するを
心の中で頭の中で　毎日毎日　考え過ごしてる
欲得の世界の中で　いいも悪いもあらへん！

能力次第が　この世の仕組みになってしまってるんやで
えげつない奴は
神も仏もあるかい！　神さんが飯食わしてくれるんかい！
てな事を　平気で言いよる！
わてから見たら　ほんまに　おぞましい世界や

うちらに ぶつぶつ言うんやったら
神さんが うちらを この世に生ませた責任取り！

ん！ あんたの言う事は 一理ある！ ように見えるけど
その論理は 人間世界の論理や
人間世界の論理は 都合都合で ああやこうやと いじくり回して
恥も外聞も無く 変幻自在に変化させてしまう
責任なんぞ取らんでも 大きな顔して 生きてる奴
おまえかて いっぱい見てるやろ？

神さんの世界は白か黒や
論理なんてのは 全く無い世界なんやぞ
いや〜人間のする事やさかい いろいろ ありまんねんやろ？
ってな話しが通用するところと違うんや！
どんなに この世で権力者になろうと
大金持ちになろうと 人に尊敬されようと

神さんとの約束を守るために この世に生まれて来たのに
神さんとの約束を守らへん人間に 責任の取りようが無い！
約束を破った けじめとして地獄へ落とす！ だけや

神さんの言う事も 一理あるような気がするけど
そんな事より
事故で亡くなった人は どないなるのん？

そんな事よりかい！
ほんまに おまえの 脳味噌どこにあるんや！
無邪気というか 足らんというか
知性の欠片が見えん！ あるのは 好奇心だけやないか！

知性の欠片なんて見えんかてええ！
そんな事より
事故なんかで 急に亡くなった人なんかは どないなるのん？

疲れる！　ほんまに　あんたと話してたら　こっちがおかしくなる！

神さんが　何言うてんのん！
早く！　事故で亡くなった人！　どうなるのん？

事故で亡くなろうと　病気で亡くなろうと　死に　変わりはあらへん！
あんたなんかは　死に方を気にするけれど
死に方なんかは　いろいろあるやろ？
水に溺れたり　火に巻き込まれたり　車に跳ねられたり
死の原因は　いろいろあっても　現実は生きてるか死んでるかだけや
生きてたら　それはそれで　いいけれど
死んでたら　その瞬間に　死後の世界へ行くだけで
死んだ後は　天上界へ行くか　地獄へ行くかだけや

地震や津波や山崩れなんかで亡くなった人も　同じ事なん？

同じや　死に方は　関係無い言うてるやろ！

そやけど　何か　それって　悲し過ぎへん？
うちかて　地震の時に　死んで逝った人　見たもん
悲惨な光景やったんやで
神さんかて　上から見てたんと違うのん！

あのな
あんたが　思てる死に方が
どんなんがいいのか　わてには解らんけど
あんたは　死に方にこだわってるから　話しが　ややこしくなるんや

何回も言うけど
わてらは　死に方なんかは　問題でも何でもあらへん
死んだ瞬間からが　大事な事なんやぞ

あんたは
天災などで　死んだ人はかわいそうやと思うやろうけど
だいたいやな　人間も人間で　勝手なもんや
神の領域　人間の領域というものがあるにもかかわらず
海の神さんの領域を勝手に埋め立てたり
山の神さんの領域を削り取って　家を建てたりして
地震が来た　津波が来たと慌て騒いで
人が死んだ　神さんはどないしてたと言われても
そんな事は承知の上で住んでたんと違うんか？
知らんかったと人間がいくら言ったところで
わてらから見たら　知らんでは済まんやろ！
人間としては知っててあたりまえの事や
それを　こっちに振って来ても　知らん！　としか　言いようが無い
ええか？

あんたらは　一番大事な事を　見落としてる！
地球は生きてるんやぞ！
それを忘れて
自分の居てるところは　大丈夫やろ　と勝手に思てるだけや
地球あっての　人間ってのを　完璧に忘れとる！

昔々から　人間は居なくても　神は存在してたんや
人類が　地球上に生まれる前から　わてら神さんは居てたんやぞ
人間の念が　神さんには必要と教えたけれど
神に対する念は
神に対して　畏れと敬いの念があれば　人間で無くても　かまへんのやぞ
そやけど　畏れと敬いの念を出せるのは人間だけや
その人間が　神も仏も畏れず敬わずに
人間としての本来を　忘れてしまってるのが現実や

あんたかて　蟻が歩いてるにも　かかわらず

平気で　踏み潰して行ってるのが　解らんか？
蟻は蟻で　命を懸けて歩いてるんやで！
その蟻の気持ちになったら　あんたは何と言うんや？

難しいから　次いくわ！
戦争で亡くなった人は　どうなるのん！
うちの　おじさんも　戦争で亡くなったけど
国のため家族の為に戦って亡くなったんやから
大丈夫なんと違うのん！

おまえの　大丈夫なんと違うのん！
の何が大丈夫なんか　わてには　意味が解らん！

戦争するのは　人間の欲の世界の究極や
戦いに行けと言う人も　戦いに行けと言われて行く人も
死んでしまえば　経過がどうであろうと

一人一人の死に方に過ぎへんのやで
死んで　天上界へ行くか　地獄へ落ちるか　一人一人の問題や
確かな事は　戦いに行けと言った人は　間違いなく地獄や
人間の命は　神さんが授けたもんや
それを人間ごときが
人間の命を勝手に扱うなんぞは　神さんが許す事は絶対無い！

ほな　うちのおじさんは　どないなってんの！

知るか！

また　知ってるくせに　知るか！　で　うちを　ごまかす！
何で　そんなに　偉そうに言うんや！
あんたかて　あんたの上の神さんがいて　何か言われたら
へこへこしてんのと違うのん！

やかましい！
口から先に生まれたような餓鬼やな！
神さんの世界と　人間の世界とを　一緒にするな！

どないして口から先に生まれんねん！
口から先に生まれたん　聞いた事も見たこともないわ！
ほな　次！
人を殺したりした人は地獄に落ちるのん？

落ちるに決まってる！
ええか？　人間の命は　神さんの　ものなんやで
その神さんのものを　神さんの承諾なしで　人の命を奪ったら
神さんの祟りがあり　神障りになるのは　あたりまえの話や！
きっちり地獄へ落ちて行く！
まぁ人間は　欲と意地とが！　と　よく言うけれど
人の命をどうこうする時は

ちょっとは　考えて動いた方がええ
地獄へ落ちたら　欲も意地も言うてられへん！
実際　地獄と言うもんを　みんなに見せられたら　ええねんけど
これぱっかりは　死んで実感してもらうしか　あらへん
神さんなんて！　天国地獄なんて！　人間死んだら無や！
なんて事を言うてた連中が　慌てふためく姿が　おもろい！

な　な　うちらが
正月なんかでお宮さんや　お寺さん行って手を合わすのは何やのん？

はいはい　あんたは　缶々に手を合わしてたようなもんや

何やのん！　その言い方！　ムカつく～

あんたが　ムカつこうが　どうしようが
本当の事やからしょうがないやろが！

神さんは 氏神を持ってない人には まったく関心が無い！
急に 手を合わされても それ自体が 神さんとの駆け引きやろが！
神さんは人間とは 一切駆け引きせん！
神さんは 人間の願い事なんぞ 聞く耳持ってへん！

神さんに願い事して
願いが叶った お蔭で救われました とか言うてるけど
人間が 勝手に思い込んでるだけや

そしたら うち やっぱり氏神持ってへんのや！

知らん！

知ってて知らん！ って 何やのん このおっさん！

何や おまえ！ 神さんに喧嘩売ってんのか！

あ～そうや！　こうなったら　神さんも糞もあらへん！
ただの　おっさんや！

ちょっと待て！　おっさんて……最初会うた時にも言うたやろ！
わてを　つかまえて　ただの　おっさんは無いやろ！
神さんやぞ　わては神さん！　解るか？
おまえの思ってる事と　わてが言ってる事とが違うから言うて
そこまで言うか！

まぁええわ
なな　お染久松みたいに心中したらどないなるのん？

まあええ……て
切り替えが早すぎる！
やっぱり　あんたは　普通の子と違う！

何て？　普通の子と違うって？

やかましい！
何やて　心中てか
まぁ　男と女の心中もあれば　親子の心中もあるけれど
男と女の心中は　二人とも即地獄行き！
あたりまえやろ！　神さんから貰った命を
自分の勝手で命を捨てるなんぞは　許せるはずが無いやろ！

この世で　自分らの思い通りに行かへんから言うて
あの世で　思い通りにしようって　思うのは勝手やけど
いざ死んでみたって　どうにもならん
こんな筈じゃ無かったと思っても　もう遅い
こんな事なら　生きて地獄の方がましやった！　となる！

生きるも地獄　死ぬも地獄　同じ地獄なら　死んで地獄を……
と思うのは　地獄を知らんからや
死んで一緒になりたいと心中するんやろうけど
二人で死んでも　地獄でばらばらに離れ
それぞれが一人ぼっちの地獄暮らしになるだけや

あんたも好きな人が出来て
何やかやと訳の解らん事情になって
相手が一緒に死んでくれ！　と言われた途端に逃げなあかんで！
一見　熱愛ってなもんやろうけど　熱愛でも何でもあらへん
この世に耐えられへんかった　単なる逃げや！

そやけど　深〜く愛し合うて　周りが邪魔したら
いっそ　二人で死んで　あの世で一緒になろ！　ってあこがれるやん！

死ね！

おまえの見つけた男なんか　借金まみれで
借金取りに　追い掛け回されて
もうあかん！　一緒に死んでくれ！　って言われるのが上等じゃ！

聞かん！
親が子を連れての心中なんかは　どうなるのん？

親子の場合は　ちょっと　ややこしい
子供が数えの三つまでやったら　親は地獄　子は天上界やな
子供が数えの三つを超えてたら
その子が氏神を持ってるかどうかで決まる

なんで　数えの三つやのん

数えの三つまでは
氏神が　ちゃんと　その子を護ってるからや

それが　氏神としての務めや
数えの三つまでに亡くなったら
氏神が　天上界へ連れてってくれる

そやけど神さん
子が　三つより上の親子の場合でも
親が無理矢理子供を引っ張り込むんやで
子供の立場になったら
親の勝手で　何で死ななあかんのん！
なんで引っ張り込まれて地獄へ行かなあかんのん！

そやから　何回も言わすな！
死に方は　関係無い言うてるやろ！
親の勝手で　どうしようと　親は親　子は子の問題なんやで
神さんかて　まさか　わてらが授けた子供を　その親が殺すなんてのは
及びもつかん事やと言いたいけれど

それもこれも　この世の欲の中の出来事の一つやと思てる
神さんが　この世に人間を創り　送り出した頃は
人間は　神さんが主体で過ごしてたけれど
人間が　欲というものを知ってからは　欲が主体で過ごしてる
人間世界の理不尽な事は
ここまでするか？　と　わてら口を開けて　あきれてるだけや

そしたら　自殺した人も地獄へ落ちるん？

あたりまえや！　地獄以外どこへ行くんじゃ！
ええか　時が来れば　あんたかて　あたりまえに　死んで逝くんやで

自殺は　所詮　現世での欲の塊そのものなんや
自分自身と他の人とを比べ　世の中での　自分の存在価値が
劣っているとか　優れているとかを問うてみたり

世間が　私を必要として無いとか
病気や貧乏に　耐えられへんとか
人が決めるプライドを　自分で勝手にプライドを決めて
私のプライドが　生きてる事を許さへんとか
ああやこうやと　思い込みや　考え違いをして
勝手に　神さんから預かった命を絶つ事は　神さんへの裏切り行為や
そんなもん　神さんが許す事無く　即地獄行きや！
自殺して死ぬより苦しい事があるのを知らなあかん！
ええか？
人間　ほっといても時が来れば　あたりまえに　死ぬて

世間に　どう思われようと
病気であろうが　貧乏であろうが　訳の解らん　プライドとかも
それもこれも　この世での　自分と人との対比から　生まれて来るもんや
対比さえ　せんかったら　自分は自分自身しか無いんやで
対比して　勝手に　自分自身を　追い詰めて

死んだ方が　ましや！　って首吊って　どうすんねん！
自分と人とを　対比するために　生まれて来たんと違うんやで
自分が　何のために　生まれて来たのかさえ　解ってたら
首吊る事も無い！

死に逃げするのは　いいけれど
逃げたつもりが　地獄へ行くとは思いもせんかったやろ……

自分で命を絶てば　地獄の中でも　最下級の段に落とされて
地獄は　耐えられるもんとは　違うけど
耐えられなくても　未来永劫　耐えなあかん
自殺はあかん　自分で命を絶つのは　絶対したらあかん！　解ったか？

わかった！
次！　神障りて何？

神さんを　穢したり粗末にした人への天罰や
山を勝手に崩したり　海を汚したり　御神木を切ったり　井戸を埋めたり　神さんを穢したり
粗末にした人の霊系に　七代にわたって祟る

何で本人だけでなくて
子や　兄弟まで　神障りにならなあかんのん?
そんなもん穢したり　粗末にした人の勝手で　おかしいやん!

ん～あのな
人には　霊系と言うものがあって……

霊系って?

ばたばたすな!　今から説明しようとしてるけど
ややこしいから面倒臭いんじゃ!

面倒臭くても　うちに解るように説明して！
ん～霊系か……
あんた苗字は？

吉田やけど

吉田か……まぁええわ

何やのん！　吉田が気に食わんのか！

違う違う！　わてが思てたのと　ちょっと違てたからだけや　抑えて！
霊系というのは
吉田という家があって
その吉田家代々と　いうのが霊系というものや

吉田家といっても　お父さんが吉田やから　吉田の霊系になるけれど
お母さんは　何々家から嫁いできてるから
お母さんは　何々家の霊系になる
二人の間に　生まれた子供の兄弟姉妹は　必ず　どちらかの霊系を引く

たとえば　あんたのお母さんが自殺をしたとする
当然　あんたの　お母さんは　地獄へ落ちる
自殺と言うのは　神さんへの裏切り行為やから　お母さんが神障りになる
そやけど　お母さんは　亡くなっているから
その代償を　現世で　残された霊系に払ってもらう事になるんや

意味わからん！

そやから　ややこしい言うてるやろ！
神界では　一つの霊系の誰かが　神障りになると
その霊系一族が　その神障りを　受け継ぐ事になっているんや

わからん！

ここに　神さんの役所に　吉田家霊系の帳面があったとすると
どこそこで　吉田家の　吉田誰々が　生まれた　と記帳する
次々生まれる度に
どこそこで　吉田家の　吉田誰々が　生まれた　と記帳する
その吉田家の中で
誰かが神さんに　無礼を働いて　神障りになると
帳面の誰々に✗をつける
神界では
その吉田家の霊系の誰かが
その無礼に対して　神さんが許すまで神に許しを乞い
神さんが許した時に✗が消える
神さんが許さへんかったら
この✗が消えるまで　その吉田家霊系に責任を取らせるため

示唆として　早死にや精神障害者が代々続く
理不尽な話しやけれど
よくよく考えれば　この世で　現実　そうなっているから解るはずや

何で　自分が　神さんに　悪さしてなくて
親や　先祖の　神障りを受けなあかんのん！
納得できへん！

納得出来へんでも　神界の決まり事やから　どうにもならん！

それでも　納得できへん！

同じ事を　何回も言わすな！　神界の決まり事や！
人間が　どう言おうと　どう思おうと　どうにもならん事や
都会では　人と人との交流が薄いから　解りにくいけど
今でも　田舎で暮らし　人と人との交流が　濃いところでは

何々家では
男が早死にするとか　精神障害者が代々続くとかの話しはある
それが　神障りやけれど
神障りと解らずに　宿命や運命や病気やと思ってる

理不尽や　解らん　納得せんと　言ったところで　それが現実や
現世の人間は　それが　何なのかが　解らんだけや
けど　神さんの方は　帳面を持ってて
✗マークが　きっちり消えるまで　その吉田家霊系に祟るだけや
その✗マークが　消えない限り
神さんは　七代かけて　その吉田家霊系を途絶えさす

神さんて　そんなに執念深いんか？

執念深い！　それも半端ないほど執念深い！

まぁ百歩ゆずって
神さんの決めた事や言うんやったら　どうしょうもないわなぁ

譲らんかて　神さんの決め事や！

ちょっと聞いて……
うちの家　ちょっと　ややこしいねん
母が　前の父と別れて再婚して　今の父は　義理の父になるんやけど
血の繋がりも無いけど
身内と言えば身内やし　他人と言えば他人やし
このごろ　親子とか兄弟とか　どういう事か
よう解らんようになって来たんやけど
神さん　親子とか　夫婦とか　兄弟とかって　何？

あんたには　似合わん言葉やなぁ　父や母てか？　まあええ

まあえて……一言多い！

親子や　夫婦や　兄弟や言うても
それも　人間の都合上で決めた事や

人間の都合って？

親子も夫婦も兄弟も関係無い！　ってなったら
どうやって　人間界の秩序を保つんや？
親は子を思い　子は親を思い　夫婦は仲良く　兄弟仲良く
身内親類は　相身助け合い　家を護り　墓を護り
代々家名を続けさすようにと　こだわって　秩序を保っているんやぞ

そやけど　神さん側は　秩序なんか　気にもしてへん
どこまでいっても　人間は人間！
一人一人の人間それぞれに　神さんとの約束事を　しているだけや

現世の人間は　親子や　夫婦や　兄弟やと　大事にしたがるけれど
本来　親子や　夫婦や　兄弟やと言っても
そんな事は　神さんにとって何の関係も無い
今でも　ちょいちょい　あるけれど　ちょっと前の武士なんぞは
親子であっても　兄弟であっても　殺し合いでも　何でもしてたんやで
身内仲良くなんかは　今の世の中やから　言えるだけや
その　身内仲良くかて　金が絡んだら　あっと言う間に地獄の絡みや
身内身内と言うたかて　気休めにしかならへん
あんたも　お母さんも　義父も　兄妹も
みんな　一人一人の現世なんやで

そしたら　うちと母と　うちと義父と　うちの兄妹も
本当は　うちと何の関係もないのんか？
そやけど　血の繋がりとか　遺伝とか　いろいろあるで？
それは　人間という　生き物やからや

神さんから見たら　血の繋がりとか　遺伝とか　何にも関係あらへん
あるのは　一人一人の人間として　この世に送り出し
その人が　神事をするかしないかだけや

そしたら　うちの義父が　神障りやっても　うちは関係ないんか？

無い！
義父の霊系は　義父の霊系や
あんたとは　何の　関わりも無い
ただし　あんたの　お母さんが　神障りなら　あんたに関係してくるで

解るようで　解りにくい！

解りにくいやろ
そやけど　神事や　氏神や　宿命や　生まれて来た意味を
わてが　言う事　言うてた事を　一つ一つ　理解していったら解る

ゆっくり　考えたらええ

霊系と　血のつながりの　関係がわからん！

霊系は　何々家に関わる事で
血のつながりは　生物的な事や！

解るようで　解りにくいわ！
次！
さっきの　宿命って何？

宿命てか？
宿命というのは　自分自身では　どうにも出来へん事やな
生まれた場所　環境　親　兄弟　等々
自分では　肯定するしか仕様の無い事で
宿命は恨みようが無いもんや

恨むとすれば　神さんを恨むしか無い
そやけど　神さんを恨んだところで　どうにもならん

そこに生まれた宿命と言う　見えないものを恨み
人を妬みいじけて　この世を過ごしたければ　過ごしたらええ
自分自身そのものを　否定するんやったら　したらええ
どの道　そんな考え方では　この世を　楽しく生きていかれへんて
宿命が　どないした！
宿命が　どうにかして　くれるんか！　ぐらいのもんが宿命や

ええか？
人は　人に　人として認められて
初めてこの世で生きているのを実感するのです　間違い！
人は　誰にも認められなくてええんや
天に向かって　山に向かって　手を合わせるだけのために

生まれて来たのを　忘れたらあかん
神さん！　手ぇ合わせるだけで　うちの周りが何かが変わるん？
変わらん！
変わらんのやったら　何も　せんかてええやん！
ほんまに　おまえの頭の中は　虫が湧いてんのか！
同じ事を　何回も　何回も　言わすな！
あんたは　何のために
この世に　生まれて来たのか　と言うてるやろ！
神事や！
手を合わせ　神々の結びを　手伝うために　生まれて来たんや！
あんたの周りは変わらへんけど　間違いなく　あんた自身が変わる！
それを　どっぷりと　欲の世界に浸ってからに

神さん忘れて
これをしたら　得するやろか
これをしたら　損するやろか
これをしたら　人より上に立てるやろか
これをしたら　自慢出来るやろか
これをしたら　人に好かれるやろか
これをしたら　人に嫌われるやろか
これをしたら……やろか
これをしたら……やろか
人に認められようと思って　毎日毎日過ごしてるだけや！
人に認められようと思う気持ちそのものが
欲得の世界の　ど真ん中にあるのが解らんか？

そやけど　うちら　それが現実やで！

わてが狂う！

何回も　言わすな！
神界と　人間界との現実は違う！　と言うてるやろ！

解ってるって
うちが　この世に生まれて来たんは
神さんを念じて　手を合わせながら生きて行かなあかんし
それが　うちが　この世に生まれて来た　使命や言うてんのやろ？
欲を出しても　神さんと共に生きてる　という事を
忘れたらあかん　って言うてんのやろ？

偉い！　その通りや！

そやけど神さん　神さんの言い分は　解るけど
うちも　うちの周りも　欲の世界にどっぷりやで

人の事は　どうでもええ

あんたが　その事を　解ってたらええんや
あんたが　この世を去る時に　天上界へ行けばいいけれど
地獄に落ちた時には　誰も救ってくれへんのやで

そやけど　周りの人なんかに　いっぱい尽くしといたら
天国へ行けそうな気がするやん
人に尽くすって大事な事と違うのん？

人に尽くすのと　神事とは　何の関係も無い！

そんなん言うけど　この世は人と人との絡みの中で
相手の事を思いやったり考えたり相手の気持ちになったりして
お互い様と　付き合いながら　隣近所や知り合いと
和の心を持って付き合うんと違うんか！

人生相談室と違うと　言うてるやろが！

阿保が精一杯の言葉遣いしてからに！
おまえの周りを見てみいっ！
お互い様　お互い様と言って　幸せそうな楽しそうな人がいてるか！
お互い様にこだわって　自分自身を縛って見失って
何がお互い様や！　突き詰めてみい！　お互い様が笑うやろが！

この世の中渡るんは　基本喧嘩をせんこっちゃ！
そんなんは小学校の子でも解る事や！
そやからルールっちゅうもんがあるんや
この訳の解らんルールっちゅうもんがあるから
どうにかこうにか　この世は過ごしていけるんやぞ
そやけど　このルールの組み立て方が千差万別や　人それぞれや
なおかつ　その千差万別のルールを守れん奴もいてる
戦争なんぞはお互いのルール違い　欲得の違いやぞ！
どこに　おまえの言う　お互い様があるんや？
笑うような話ししか出来へんのやったら

どうすれば　自分だけでも　どうしたら楽しくこの世を過ごせるか
だけを考えたらええんじゃ！　解ったか?!

そんなら　人の事なんか　構わんかてええんや！

ど〜も　あんたは　解ってるようで　解ってない
わてが言うのは　神さんとしての　あんたへの言葉や！
お互い様に　こだわってたら　楽しく過ごされへん　と言う事や！
人間界の事は
人間が　それぞれの生き方　考え方で過ごして行ったらええ
尽くすとか　構うとかは　それぞれの事情や　性格で変わるもんや
人間は　それぞれの都合で　お互い様と言うてるだけや
神さんは　お互い様も何も　関心があらへんし
人間界の過ごし方まで　関知せん！

宿命と運命と　どう違うのん？

宿命は選ばれへんけれど
運命は　自意識が出来たと同時に自分だけのもんや

自意識て？

周りに振り回されへんように　なった時や
自意識が出来る前は
どんなに酷い環境でも酷い親でも　子は付いていくもんや
そやけど　自意識が出来たと同時に
何や！　この環境は！　何や！　この親は！　となるもんや
そこから自分だけの運命というものが開かれていくもんや
子供の頃の　環境が悪い　愛情が無い　と言ったところで
それはそれで認めな　しゃあない！

そんなん言うたかて　小さい時の環境で人生変わるんと違うのん？

そうや！
逃げられへん宿命と　自意識が出来た時からの
その後の人生が　いいも悪いも　全て自分の運命や
自分の運命の悪いのを　親や　他のせいにしてしまうのも勝手やけれど
他のせいにして　運命が良くなるのやったら
いくらでも　他のせいにすればええ

運のいい人と悪い人の差って何やのん？

運てか？
運があるとかないとかも　本人の価値観の違いだけや
運なんてもんは　現世の人間だけの話しであって　わてら関係あらへん

そんな事言わんと教えて！

今日　あんたとわてとが　ここで会ったのは

あんたにとって 良かったと思うか？ 悪かったと思うか？

そんなん解らへん

わてにも解らん
そやけど 時が流れて いつの日か あ～会ってて良かった と思うか
あ～あ あの時 会わんかったら こんな事になってへんのに！ と思うかは
後になってから解るもんや
運なんてもんは いいも悪いも 後からしか解らん
考えてみい！ 最初から 運がいいのが解ってたら
この世に うっとうしい顔した奴なんか一人もいてへんて！

夢と運さえあれば 人生は そこそこ面白いもんや
そやけど 夢のない奴に 運がやって来ても気付かへんし
運があっても 夢が無かったら一瞬の運や

自分が不幸なんは　運が無いからやなんて嘆いてる奴がいてるやろ？
そんな奴は　運に頼って運任せで行こうとするから　自分というものが無い
運は人と人との　絡みの中から出て来るもんや
自分というもんがあって　人との絡みを　自分なりに大事にしてたら
そこそこの運が　後からやってくるもんや

そやけど　事故なんかに遭って　生きてたわ　死んでたわなんてのは
運がいいか悪いか　という事と違うのん？

事故てか？
事故は必然や！　事故は　運とは関係あらへん

事故は偶然と違うのん？

車に乗ってて
黄色の信号で　止まっていたら　次の交差点で事故をする事も無かったのに

黄色の信号で　止まったばっかしに　次の交差点で事故をしてしもた
と言うのが偶然と思うか？
起こるべくして　起きた事は　偶然ではなく必然なんやぞ
日々の　物事は　全て必然と思ってて過ごしたらええ
起こるべくして起きて　死んでいくて

何か　わかったような　わからんような　ようわからんけど
地獄ってどんなとこ？

解ったような解らんようなって？
まぁええ　何？　地獄？

実は　地獄は　神さんには　興味が無いところや
神さんとの　約束を守らへんかった連中を
死んだ途端に　ゴミみたいに地獄へ落とす
それがどうなろうと　知った事では無いんや

わてかて 地獄へ行った奴なんかに なんの関心もあらへん
まして 地獄がどんな所なんかも 興味あらへんし 知らん
言うてみれば 地獄は 死んだ人間共のゴミ捨て場みたいなもんや
そやから 地獄ってどんなとこ？ と聞かれても
わての知ってる範囲だけの話ししか出来へん
知ってる範囲だけの話しで言うと
地獄の世界は 人間界そのものや
それが証拠に この世の あちこちで地獄絵図てなもんがあっても
天国絵図なんてあんまりないやろ？
悪い事したら こないなる！ という発想がすぐ出来るから
地獄絵図てなもんが簡単に画けるんや

怖～い閻魔さんかていてるんやろ？

いてるか！ 誰や？ 閻魔て！

あんたが　地獄へ落ちたとして説明すると
地獄には一から十五段までの　段階があって
あんたの　生き方　死に方によって　地獄の段階が決まる
あんたが　一でも十五でも　構わへんと言うんやったら
どんな死に方をしても　構わへん
言うなれば
一段目は　糞壷の中で身体は抜け出そうと
必死になっても　頭を出す事も無く　息も出来ず　死ぬ事も出来ず
もがきもがきながら　未来永劫過ごし
十五段目は　薄ぼんやりとした
葦の茂った小川の傍で　誰一人　いてへん中で
一人ぼっちで足首をぬかるみにとられて　歩くことも出来ず
膝を抱えたまま　未来永劫過ごすようなところや
地獄の　どの段に行ったところで
助けてくれ！　しか言いようが無いやろ？

氏神さんを　持ってなくても
人のために　いっぱい尽くしたら　地獄へ行かんかてええんと違うのん？

関係無い
人が人に尽くすのは　現世の過ごし方や
神と人間との間には　何の関係もあらへん

何でも　神さん神さんやな！

そうや　人間は　神あっての人間なんやぞ
人間に　いくら認められても
神に　認めてもらわれへんかったら　人間ではないんや　解るか？

解るか？　解るか？　言うて
神さん　一方的な話しばっかしやん！
解らん！　言うたら　この呆け！　言うし　うちの人生狂うわ！

あのな　あんたが　相談聞いて　と言うから　聞いて答えてるんやで
それを　ん〜そんな考え方もあるなぁ
ん〜　それもそうやけど　こうなったら　どうなる？
ん〜　でも　あの人の　考えかてあるしな　てな話しは　人間同士で話せ！
神さんに　相談して　同意を求めるな！

だいたいやな　あんたら人間が　思ってたり考えてる神さんと
わてら神さんとは　全然違うもんや
あんたら人間は　神さんは　自分に悪い事を　するはずがない
神さんは　困った時には　助けてくれる　願い事をしたら叶えてくれる
神さんは　粗末にしたら罰が当たる　等々
そりゃあ　見事なぐらいの自分だけへのご利益を　求めて来る！
人間の欲得そのものや！
神さん巡りしといたら　きっと何か　いい事がある
寺巡りをしといたら　きっと何か　いい事がある
ひょっとしたら　何かが解るかもしれへん　変わるかもしれへん……

あるかっ！　そんなもんが！
あんたらが　神や仏は　と思い込むのは勝手やけれど
わてら神さんの知った事では無い！

わてら神さんは
氏神と共に生まれ　氏神と共に生きている人間以外には
何の関心も　あらへん！
氏神を持たない人間が
神や仏に　何を思おうと　何を考えようと無視！
あんたは　神さんやったら　私の気持ちを解ってくれるやろと
勝手に思い込んで　わてに話してるけど
今まで　あんたに話した事を　もう一回　よう考えてみぃ！
わてら神さんは　人間が　どう思おうと　答えは一つしか無い！

神さんて　しっかりしてんねんなぁ

あんたらが　欲に呆けて　ふらふらしてるだけじゃ！

ごめん……
神さんは　うちが死んだ後　何処へ行くのか解ってんのやろ？

解ってる

天上界？　地獄？

言わん！
解ってる　と言うのは
今　あんたが死んだら　何処へ行くか　解ってると言うだけや
これから先　あんたが　神さんとの約束事をしようと
心を入れ替えたら　氏神さんが付くかもしれへん
そしたら　死後　天上界へ行ける

やっぱり 今 うちに 氏神さん付いてないんや！

知らん！

知らんて 今バレたわ！
宗教って何？

宗教か……
宗教は 人間が 都合によって作り出したもんや
神事とは 関係あらへん

けど 人間は 見えへんものや 感じへんものを なかなか信じへんもんや
その点 宗教は 本尊や お経や しきたりやと
人間に解りやすいように 目で見せ 耳で聞かせ
何となくの感覚を 信じさすように出来てる
信じると 今度は 見えへんものや感じへんものをまったく無視してしまう

何々教　何々宗の教えや言うても
所詮は　あたりまえの話を書いたり言うたりしてるだけや
人間は日々　欲の中で過ごしてるから　雑念が　どうしても多くなって
自分自身を見失うような気がする時があるやろ？
そんな時に宗教のあたりまえの事の話しなんかを聞くと
新鮮に感じて　これや！　と思ってしまう
どんな宗教にしても
心の拠り所にするのは　悪い事では無いけれど
人間は　宗教を信じるために　生まれて来たのと違う
人間は　何故　生まれて来たかを　知る事や

神事は人間本来持ってるもんや
生まれながらにして神事なんや

それを忘れて　欲得の世界に　どっぷりと浸かってしまうから
神事が　いつの間にか　離れて行ってしまう

今度は　欲得の雑念から逃れようと　人間が作った宗教に頼ろうとする
神事は　宗教とか　何々の教えとかでは無い！
神を畏れ敬う事だけが　神事であり
人間が　この世に生まれて来た理由や

そやけど　たいていの人は　家に何々宗持ってるで

持ってるだけや
言うてみれば　既に宗教が文化になってしまって
何宗でも　何々教でも　なんの差し障りもあらへん
何となく　持っとかな　先祖に悪いし
持ってないと悪い事が起きるんと違うやろか　ぐらいのものしか思てへん

そしたら　何か宗教を　信じたら　あかんの？

そやから　心の拠り所にするのは　いい言うてるやろ

鰯の頭が　どうのこうのと　信じる者は救われるって言うやろ？
それが　信心というものやけど
それは　現世で生きて行く上での　心の拠り所や
それはそれで
現世で過ごして行く人間にとっては　口実としても救われるもんや

宗教　いくら信じても　天上界へ　行かれへんの？

行けん！
宗教と　神事は　違う！
中には　神事に近いものはあるけれど　ほとんどが　人間事や！
そんなん言うんやったら　葬式なんか　いらんやん！

いらん！

いらん！ て おじいちゃん亡くなった時に
お寺から 坊主が来てお経上げて ちゃんとして くれはったで

死んだ瞬間に 天上界か 地獄へ行くんやで
天上界へ行った人は この世に 未練の欠片もあらへん
葬式しようが しなかろうが 全く 興味も関心もないんや
地獄に落ちた奴は 葬式しようが しなかろうが 救われへん
葬式するより 助けてくれ！ だけや

ほな 墓もいらんのかい！

いらん！
さっきも言うたやろ！
死んだ瞬間に 天上界か 地獄へ行くんやで
天上界へ行った人は この世に 未練の欠片もあらへん
墓があろうが なかろうが 全く 興味も関心もないんや

地獄に落ちた奴は　墓があろうが　なかろうが　救われへん
墓を造るぐらいやったら　助けてくれ！　だけや！

法事は！

あんた　言葉が　だんだん　やけくそ気味に雑になってるで！
雑にも　なるわ！　何でもかんでも　いらんいらん　言うてからに！
法事は！

いらん！

何で　そう次から次と　いらんいらんて　言えるんや！

何回　同じ事を言えば　解るんや！
死んだ瞬間に　天上界か　地獄へ行くんやで

天上界へ行った人は この世に 未練の欠片もあらへん
法事をしようと しなかろうと 全く 興味も関心もないんや
地獄に落ちた奴は 法事をしてもらったところで 救われへん
何が供養や！ 法事をするぐらいやったら助けてくれ！ だけや！

そやけど 葬式や お墓や 法事なんかしてると
亡くなった人がこの世に生きてた という証にはなるやん！

遣い慣れん言葉で 何を言い出すかと思ったら 証ってか？
それは この世に残された者の
ちゃんと供養しとかな 恨まれて化けて出て来るで！
てな 死んだ人への恐れで葬式 墓 法事としてるだけや
死んだ人を偲んだり懐かしむのに 式なんかがいるか？
そりゃ 死に逝く残す者の未練と
残された者の未練があっても
残された者の未練の方がきついから

葬式 墓 法事と区切りをつけてでも と言うのは
一つの文化 しきたり としては 趣のあるもんやとは思うけど
本来 いらん事や

現に 葬式かて 形が変わって来てるやろ?
法事かて 葬式の日に 初七日や 四十九日までするんやで
坊主も施主側も 勝手過ぎると思わんか?
墓かて 何とか葬とかいうのになって
墓もいらん! 言う人まで出て来てるやろ?
な? 所詮 持ってるだけの宗教なんてのは そんなもんや
寺の都合 人間の都合だけで 亡くなった人を おちょくってるだけや
あんたの言う 生きてた証なんぞが どこにあるんや?
亡くなった人への敬いなんぞが どこにある?

神さんと話してたら 人間死んでも ほっといたらええ みたいや

ほっといたらええ
大昔には 人間は死んだら ゴミ扱いやったんやぞ
大昔には 宗教も無かったし
あんたが言う 葬式も 法事も 墓も無かったんや
葬式 墓 法事や言うんは 後々 全～部人間が考え出したもんや
神さんが 考えた事と違う！
神さんから見れば
あんたが 生まれてから 死んだ瞬間までが この世での人間なんやで

そやけど 古墳なんかが あるやん

それは だいぶ後の話しや
古墳なんかが 出来る頃は
人の上に立った人間なんかが
神にあこがれ 神になりたいと願ったもんや
神事をやってた人なんかが

山に神さんがいてる という事を知ってたから
人の上に立った人間なんかが 自分も神になりたい 神に近づきたいと
山の形に似た古墳を 造るようになっただけや

そやけど 今の時代は 今の時代やん！
死んだ人を ほっといたら 祟らへんか？

祟らん！
祟るという事で振り回されるな！
死んだ瞬間に 天上界か 地獄へ行くだけや
天上界へ行った人は この世に 未練の欠片もあらへん
そこいらに 捨てても 全く 興味も関心もない
地獄に落ちた奴は
ほっとかれようと 何かをしてもらったところで 救われずに
助けてくれ！ だけや！
その 助けてくれ！ を祟りと勘違いしてるだけや

人間の祟りなんぞ　何でもあらへん！

人生狂う！

何が　狂うんじゃ！

そやかて　死んだら　何にも　せんかてええなんて……

おまえら
墓や　お経やと　人間が作ったもんに振り回されて来ただけやないか
そやけど　死後はともかく
それはそれで　残された者の　心の拠り所になるんやったら　したらええ
亡くなった人を　偲んだり　思い出したりするのは
それこそ　お互いが
この世で　存在してた証になるし　心の救いになる事もある

ほな　葬式なんか　してもええんやな？
あんたが　したかったら　したらええ　止めやせんけど
無駄遣いせんと　貯金しとき

一言多い！
次行く！　善を積んだら　天上界へ行ける？

意味が解らん！

いい事を　したら　という意味やけど？

いい事て　どんな事や！

………………

あんた ほんまに頭悪過ぎる！
さっきも言うたやろ！
いい事 悪い事は あんたの主観や！
あんたの言いたい事は
人の為に 人が喜んで貰えるような事をしたら
どないやろ？ という事やろうけど 神事と関係が 全く無い！
天上界なんかと 何の係わりがあるんや？
行けるかい！

神さんの話し聞いてたら
うち これから どうやって 生きて行ったら ええんやろ？
あんたの どうやっての 意味が解らん！
何を どうしたら ええのか解らん奴が 何が どうやってや！
違う違う！ そんな 大それた事 考えてないって！

神さんの話し聞いて
何か 一人ぼっちで 生きて行かなあかんように 思えて来た
人間は 一人ぼっちのもんや！

きつっ！

心配するな
わてら神さんが言うてる事は
あんたが この世に 何で 生まれて来たか と言う事と
あんたが 死んだ瞬間からの事を言うてるだけや

現世は 現世で 現世での生き方 考え方 過ごし方がある
親や 子や 兄弟姉妹や 夫婦や 会社や 社会やと
人と人との 絡みや しがらみの中で
嫌な人とも 付き合いせなあかん

ここは自分の住む場所では無い　と思っても　我慢せんならん時もある
あれやこれやと　気に入ったり　気に入らなかったり
大事な人と　巡り合っているのに　気が付かん事もあるけれど
とにもかくにも　過ごして行かなあかん
時の流れと共に
成るようになるかも　しれへんし　どうにも　成らんかもしれへん
人は　何にも　解らずに　生きているんやで
夢を　手に入れたと思ったら　夕べには　死出の旅路もある
それでも　あんたが　生きている間だけでも
この世を　楽しもうと思ったら
あんただけの　価値観で　楽しむ事や
あんたにとって　この世では　それが全てやと　思ってええ

そやけど　うちが死んで逝く時に
枕元に　誰もいてへんいうのは耐えられへんわ
やっぱり誰かがいててくれたら　安心して死ねるような気がする

ほんまに　おまえは人間世界に　どっぷりやな！
あんたが思っている事は
この世での　こうなったときは　ああなったらええとか
ああなったときは　こうなったらええ　と言う思いだけの話しや！
一人ぼっちで死のうと
百人に囲まれて死のうと
死ぬ事に変わりは無い！
死ぬ寸前までは　一人ぼっちか……いっぱいの子や孫に囲まれて……とか
ああやこうやと考えても
死んだ瞬間に　そんな事は一瞬のうちにどうでもええ事になる
死んだ瞬間に　行先は　上か下かだけや
そんな事に　こだわると
歳取ってから　子や孫に媚を売って過ごす事になってしまうやろ
生まれて来る時も　死んで逝く時も　人間一人ぼっちと言うやろ？

それは　神さんを解ってない連中が言う事や
生まれて来る時は　氏神と共に生まれ
死んで逝く時も　氏神と共に死んで逝くもんや
周りから見て　ああ一人ぼっちで亡くなって……と思われても
ちゃんと　氏神を持ってる人は　氏神と共に天上界へ上がって行くもんや
周りから見て　ああ　あんなに子や孫に囲まれて……と思われても
氏神には　とっくの昔に捨てられて
神無しの一人ぼっちで　地獄へと落ちて行くもんや
どんな死に方でも　氏神さえ一緒についていてくれたら
一人で死のうが　こけて死のうが　何の問題も無い！

あんたは　人間一人ぼっちなんて　考えんかて
おはよう　ありがとう　すみません　と
大きな声が出せるだけで　この世は過ごせる
間違っても　人と対比して
自分に価値があるとか　無いとかで　あんた自身を　判断せん事や

ええか？
あんたを取り巻く人や環境が
あんたは こういう立場で こういう人で こういう仕事が出来ていて
社会的には これこれでと 言われたり 思わされたりして
ああ私は これぐらいの人間なんやと 思っているだけで
人間は いくら歳を取っても 本当の自分が 何者かが 解って無いんやぞ
人間は 死んだ瞬間に
今までの名誉や 地位や 仕事や 金やと こだわって来たのは
いったい何やったんや！ と気が付いたところで 遅い！
あんたも
自分が 何のために生まれて来たのかを いつかは考えるやろうけど
今日 わてと あんたとで 話したことを 心しとかなあかんで

神さん ありがとう 何となく 救われたわ
……ちょっと聞くけど うちの友達で

神さんなんか　まったく信じへんし　幽霊なんかも　まったく信じへんし
そんな話し聞いても　ふ~ん言うて
うちらを小馬鹿にしたような顔すんねんけど　神さん　どない思う?

どないも思わん

どうして?　まったく信じへんのやで

その人は　その人の生き方が　あるだけやないか
それは間違ってる　と言うても　相手は　間違ってない　と言うだけや
それはそれで　その人の生まれてから今までの環境や情報の結果や
その人かて　小さい時から天網恢恢疎にして漏らさず　てな事を
言われて育ってたら　考え方も変わってたんやで

何やのん　天網恢恢疎にして漏らさずて?

あんたの　していることは　全て神さんが見てる　って意味や

うち　聞いたことも無い！

ちょっと前までは　あたりまえの言葉やったけど　今では死語になっとる！
そやから　あんたらが　神さんて何？　なんて事を聞いて来るんや

神さんなんて理屈や無い　理屈で考えるようなものと違う！

神さんを理屈で　考えようとするから　何にも見えんようになってしまう
なんとなくでええ　なんとなく体で感じる事が　大事な事なんや
ややこしいのは　なんとなくでええ　と言ってるのに
その　なんとなくでええを　また理屈で考えようとする
目に見えへんもんは信じられへん……ってな奴は
神さんに言わせると　既に人間として　どうにもならへん奴や
どうにもならへん奴は　結局どうしょうも無い

死んで　自分の置かれている状況を見て　慌てふためいたらええ
神さん　もう質問あらへんけど
最後に　うちに解るように　氏神さんて何か教えてくれたら　うち帰るわ

おまえは　最後まで　タメ口やな！
神事より先に　言葉を覚えてこい！
まあええ　氏神か

あんたは　輪廻転生によって
天上界より選ばれて　この世に生まれた来たのは解るな？

神界　読んだから解る

あんたの　前世が　誰やったかは誰にも　解らへんけれど
前世は　間違いなく　天上界に　いてはった人や

その人の生前は　この世では　神と共に過ごした人なんやで
あなたは　だれそれの　生まれ変わりです　なんて
言うてる人いてるで

生まれ変わりが　解るか！
わてら神さんでも
特別な神さんの生まれ変わり以外は　解らん！
そんな事より氏神やろが！

あんたは　忘れてしまったやろうけど
あんたが　天上界より　この世に生まれて来る時には
この世の案内人として
氏神と共に一緒に生まれて来たんや
どんな人間でも皆　氏神と共に生まれてくるし
氏神は氏神で　一緒にこの世に生まれた者を　一生護る義務があるんや

氏神は　あんたたちのする事を　いつも見て護り共に存在し
その存在を確信している者には
神はいつも共に存在してるという事や

国や民族が違うてもか？

国や民族なんか　関係あらへん
人間として　生まれて来る時は　何の　分け隔てもあらへん
生まれてから　人間共が勝手に　分け隔てしてるだけや

ええか？　ここからは　氏神が人間を捨てる時やで

氏神は　あんたと共に　この世で生き過ごして行く中で
あんたが　神を忘れずに　過ごしていくと判断した時には
その後も　あなたの横に存在し
あんたと共に過ごし　あんたを護っていくけれども

氏神は　先読みをして
あんたが　これから先　欲に溺れ
氏神が　こいつは神さんを忘れてる！　忘れる！
この先こいつは神事をする事は無い！　と判断した時には
氏神は　あんたを捨ててしまうんや
あんたが　神さんに捨てられ　神無し子　になった瞬間や！

捨てられた瞬間て　解るのん？

解らん！
それが人間に解ったら　わてら神さん　どんだけ楽か！

それまで　氏神があんたを
悪神や悪霊や生霊や死霊から　護ってくれてたけれど
氏神を持たへん　神無し子になった瞬間から

悪神や悪霊や生霊や死霊が　取り憑き易くなってしまう
あんたを　護ってくれる氏神が　いなくなってしまったからや

神無し子になったあんたは
この世の　欲と得とが渦巻く中で
神の存在さえも忘れて　生き過ごして行く事になる

あんたは　この世の　喜怒哀楽愛別離苦怨憎会苦等々の全ての欲の中で
生き過ごしながらも
神を畏れ敬い　あんたの氏神と共に生き死んで逝く事が
あんたが　この世に生まれた理由や

そやけど　今考えると　相談に来たのが　あんたで良かった
ちょっと　頭のええ奴やったら　理屈が先になって　話しが前に進まん
その点　あんたは　ちょっと足らんところがあっても
素直に聞いてくれるところがええ！

あんたが　どこから来て
あんたが　どこへ行くのかが
少しでも　あんたに　解ってくれたらええ

昔の人は
山を見たら　神を感じ
海を見たら　神を感じ
稲穂を見たら　太陽と雨に感謝し
大漁旗を揚げては　海の神に感謝し
見るもの　与えられるもの　全てに神の存在と感謝を忘れへんかった
今や　見るものも　与えられるものも　あたりまえに　なって
何に感謝したら　いいのかさえ　解らんようになって
神さん？　なんやそれ？　ってなのが　あたりまえや

あんたと　いろいろ話したけど
あんたが　この世で　生きているという事は　神さんあっての事や

あんたが　失礼にも　わてにタメ口で聞いて来たから
わても　それなりの返事をしたけれども
わての言葉を　軽く受け取ったら　あかんぞ

神さんの言葉というものは　昔から何にも変わる事が無いけれど
あんたは　現世で生きて　現実しか知らへん
現世の　目で見えるもの　耳で聞こえるもの　手で触れるもの
文明に振り回される事に
何のこだわりも無い　あたりまえと思ってる生き方は
本来の　人間の生き方とは違うという事を　理解せなあかん

あんたは　まだまだ　人生は長いと　思っているかも知れへんけど
そんなもんは　一瞬の出来事や
それでも　あんたは　そんな事無い！　って言うやろうけれど
それは　この世で生きてる人間は　みんな思ってる
いくら歳を取っても　まだ生きる　まだ生きると期待してるけれど

間違いなく人間は死ぬ！
人間は　人間と言う生物やと言う事を知らなあかんぞ！

神さん　うちのこと　何でも解ってんねんなぁ
そやけど　やっぱり　神さんが　神さん神さんって言われると
うちの人生　わからんようになる

あたりまえや
神さんの事を　聞く事も無く　育って来て
いきなり　神さんや　神事やと　言われても　素直には認められへんわな
せいぜい
正月のお初詣でや　七五三や　祭りや　観光で行くぐらいのもんや
それかて
神さん信じて行くわけや無し　着飾って　どない！　てなぐらいのもんや
あんたかて　誰も見てないのに
見られてると勝手に思い込んで　ちゃらちゃら着飾って

ありもせん縁を　いい縁に巡り合いますように　って手を合わせるやろ！
笑うで！

しょうも無い事　言いな！
無いもんねだりは　あたりまえやろ！
そんなん言うたら　夢も何にもあらへんやんか！
うちかて　神さん　いてる思うから手ぇ合わせるんやで！

そやから　氏神も持ってない奴が　いくら手を合わせたところで
缶々に手ぇ合わせてるだけや　言うてるやろ！

また　同じ事を言う！
けど　今日来て　神さんと話してたら
うちが　いつも　何となく　何やろ何やろと
思ってた事の　半分ぐらいは　解ったような気がするわ
そやけど　神事は　やっぱり解りにくい

やっぱり解りにくい　で済ませたらあかん！
知らな知らんままでも　この世は過ごせるけど
あんたにとっての　この世が終わった時に
わてが言ってた事を　思い出しても　もう遅い！

今日からでも　わてが言った事の　一つ一つを思い出して
見えない神さんに向かって　心を込めて　手を合わせる事や
手を合わせるんが　面倒臭かったら
空や　山のてっぺんを見て　見えんでも　神さんがいてる　と思って
おはようでも　こんにちはでも　こんばんは　でもいいから
念を込めて　頭の中で言う事や

そんなんで　ええのん？

そんなんで　ええ！

そんなんで　ええて……
塩や　水や　お花や　線香なんか立てんかてええのん？

何にも　せんかてええ！
神事は宗教と違うと　言うてるやろが！
そんなことは　全部　後から後から　人間が勝手に考えた事や！
神事は　神さんが　いてると思って　過ごす事だけや！

ん～

何が　ん～じゃ！
あんたの頭の中は
俗化されきってるから　なかなか解らんやろうけど
昔々の大昔の人間が　何をしてたのかを考えれば解る
昔は周りには何にも無かったんやぞ

建物も無ければ　電車も無い　茶碗も無ければ箸も無い
飢えや暑さ寒さで簡単に死んで逝き……
夜は夜で　真っ暗闇の中で過ごし
朝日が昇り始め　周りが見え始める時に
太陽に向かって　ありがとうの一言も言い　つい手を合わせる
ええか？　それが人間と神との原点や！　どない？　解りやすいやろ？

解りやすい！
けど……なぁ～

もうええ！
おまえは　死んでも解らん！
せいぜい　今の　あんたを　楽しむだけ楽しんだらええ！
それ以上のものは　あんたには無い！

そんな　ぽんぽんぽんぽんぽん言う事ないやん！

なぁ　神さん　うちらが神さんを感じたりする方法ないのん？
ん〜神さんを感じるか……
氏神を持った人は　共に過ごしてるから　感じる感じないでは無いし……
氏神を持ってない人とか　神障りの人やったら
人工物が一切無く　人工音が　全く聞こえない　空が見える大自然の中で
一人ぼっちで　たたずんでいると　何かを感じる事が　出来るかもしれん
それが神の気や

パワースポットいうのも　それなん？

違う！
パワースポットで　感じるものは　二通りある
そこにいている神さんの気の場合と
いつの間にか集まった　もののけのたぐいの気の二通りや

それを　判別するのは　あんたらでは　出来へん
ぎりぎり　判別するのやったら
心地よかったら　神の気で
何となく　重く感じたら　もののけのたぐいと　思う事ぐらいや

むつかしいなぁ～

そやから！　あんたらには出来へん　言うてるやろ！
何かの気を感じたら
合ってようと　外れていようと　判断した人が　どう思うかだけや！
だいたいやな　氏神を持ってない奴や　神さんを信じてない奴が
パワースポット行って　何をすんねん？
何か　あるのんか？

そんなん知らん！
そやけど何か　パワー貰えるかも　しれへんやん！

解らん！ どんなパワーや！

知らん！
ぐじゃぐじゃと
ああ言えば こう言う こう言えば ああ言う
イライラするわ！

あんたが いくらイライラしたかて
わてら神さんが 解らん事を
次から次へと 質問してくるのは あんたやで
無い話しを さもあるように物語を作って
それも 神事と くっつけて
さも神さんと関わりがあるようにしたもんに
振り回されてんのは あんたやろ！
わてのほうがイライラするわ！

やっぱり　うちら人間と神さんは　考え方が違うんやなぁ……
またか！　あんたには　いくら話しても　堂々巡りじゃ！
ええか？　あんたは　あんたと神さんを　同等に考えてるからや
神さんあっての　あんたやで！
あんたあっての　神さんと違うんやで！
あんたが　今　ここに存在するのは　神さんあっての事なんや

それを　あんたが　俗世間の中で
神や仏はと　ああやこうやと聞いて来たものを勘違いして
神さんは　私に悪い事を　するはずがない　と勝手に解釈して
神さんを　よく知ってる人か友達かぐらいにしか
神さんを見てないからや！

わてら神さんは　あんたの　友達でも何でも無い！

神と人間は　神事を　してるかどうかだけの　間柄や
氏神を持つ人間だけが　神が認めた人間であって
氏神も持たない人間に　人間です　と言われても
神さんにとっては　どうでもええ人間や！
何回も何回も　同じ事を言わすな！

うち　あほなんやろか？
何回聞いても　もう一つ　わからへん……

間違いなく　あほじゃ！

最近　おじいちゃんが　もうすぐ死ぬ　もうすぐ死ぬって言うてるけど
なんやろ？

人は　六十を超えると　何故か　老い先の長さを気にし始めて
死出への旅路の準備を　し始めるもんや

人は　人が死ぬ事は　理解出来ていても
自分だけは　まだまだと思い込むようにしているけど
それは　死ぬのが怖いからや　経験が無いからや
ましてや　死んだ後が　どうなるのかは　誰にも解ってないから
現実から消える怖さと　死後どうなるのかの怖さとを
二つを同時に　考え始めるからや
ピンピンしてて　ある日コロリと逝きたいと思うのは　そのためや
ピンピンコロリと逝きたかったら
事故にでも遭えばええ！　理想の死に方やろ！
死ぬのが　怖い言うても　人は　間違いなく　死ぬ！
いい事を　精一杯して　人に尽くし　愛し愛され
悪い事を　精一杯して　人を裏切り　恨み恨まれ
何がいい事なのか　何が悪い事なのか
自分にとって　いい事なのか　人にとって　悪い事なのか
善悪の判別もつかぬまま　人は　この世を過ごすけれど

わてら神さんは　この世の事なぞは　何の興味も関わりもあらへん
ましてや　善悪なんぞは意味不明の事や
人が人を勝手に自己判断で見ただけの事や
善に悪を説いても　詮無い事
悪に善を説いても　詮無い事
所詮　神を持たない奴は　地獄行き！　解ったか！

何言うてんのか　まったく解らん！

そうそう　天上界て　桜も紅葉も　いっぱい咲くのん？
お星さんも　いっぱい見える？
海も空も　ひろびろと広がってる？

ほんまに　あんたは　単純ちゅうか　明るすぎるちゅうか
まぁ　目出度いのはええけど
それやったら　雨の日は　どないすんのんとか

嵐の時は　どうすんのんとか
逆の発想は無いんかい！

天上界に　桜も紅葉も咲いてない！
星も海も無い！
天上界は　死んだ人の　魂の気だけが存在する
そう言う　物質的な事にこだわりが無いんや
あるのは　こだわりの無い　喜びと楽しみだけで
それは　この世で生きてる時の　感情と同じものや

なな　天上界へ行ったら　死んだ人と会える？

死んだ人が天上界へ行ってたら　会える！
そやけど　地獄へ落ちてたら　会う事は無い！
とにかく　行けばわかる！　死ねばわかる！

そやけど あんたが いきなり来て 次から次へと質問して来て
現世に どっぷり浸って過ごしている あんたに
出来る限り 解りやすいように話したけれど
やれ 神事じゃ 氏神じゃと言ったところで
現実と掛け離れた話しになって 解らん解らんも 無理は無い
最初に言ったように
わての言った事を どう取るかは あんたの問題で
どう取ろうと わては関知せん

ええか あんたのいてる この世には
真実は一つやとか その真実さえ取り方によっては違うとか
好きなように言うてるけど
神さんと人間の間には
寸分の狂いも無い真実がある事を知っとかなあかん 解るな?

ん 今まで聞いてて 何となく 解る気がする……

神さんがいてるから人間がいてて
人間は　神事をするために天上界から選ばれて
氏神さんといっしょに生まれて来て
死ぬまで　神さんを　うやまって手を合わせて　生きて行かなあかん
と言う事やろ？

偉い！　そこまで解ってたら立派なもんや！
祈りに作法は一つ！
天に向かいて　山に向かいて　海に向かいて
掌を二叩き　見ぬ神を念じるのみで神々の結びあり
解ったか？

結局　神さんは　神さんだけの一方的な話しで
人間の　言い分は　一切聞かへん！　という事やろ？

そうや！

神さん　明日も　お店開いてる？

お店？
おまえは　阿保か！
どこの世界で　神さんが　お店開くんじゃ！
看板に先着一名様一日限りと書いてあったやろ！
あんたの前に　姿を見せるのは　最初で最後じゃ！

もう　お日さんも沈みかかってるやないか
早よ帰って　親を心配させずに　自分だけの人生を過ごすんやで

別れ際まで　難しい事　言うてからに！
そやけど　ありがとう　神さんかて元気で過ごすんやで
元気が一番！　元気があれば　何でも出来る！

何やそれは！

あ！
一言 言うとかなあかん！
あんたの身の周りで 何か事が起きてから
神さん頼っても 手遅れやで！
事が起きる 起きないに かかわらず 今日から神事をするんやぞ！

事て何？

…………
もうええ もうええ 気いつけて帰るんやで

ありがとう ほな さいなら

人間の一生は

天上界にいて この世に生まれ 死に逝き 天上界に上がり
また この世に生まれ変わるまでが 人間の一生です
この世での事は 一瞬の出来事であり
この世で巡り合った人達は 夫婦 親子 兄弟姉妹といえども
それぞれが 一人一人なのです 血の繋がりは生物的であり
身内家族は 人間が都合で決めた風紀秩序の事であり
いつの間にか それらが あたりまえになっただけなのです
ならば愛情は？ と問われても
あなたの愛情は あなたの その時々の都合では無いのですか？
都合の無い愛情なんぞが そこらかしこに 転がっているものでは無い！
と返答するしか無いのです

人間というのは　勝手な生きものです
現世で起きる事毎に一喜一憂し
その時々の都合と感情で　納得し　後悔し　懺悔するのです
ましてや　夫婦　親子　兄弟姉妹と名が付けば
全てにおいて振り回されるのです
振り回され　疲れ切ると　拒否するのです
それぞれが　それぞれの愛情の深さは自分だけの基準でしかなく
誰にも解らないものをさも　解ったように解釈し
その解釈が正しいと思い込み
何時しか自分自身も　相手さえも解らなくなるのです
この世で起きる　全ての事は　良くも悪くも　必然なのです
その必然が納得できないのは
人間であるという　自分自身を知らないからなのです

自分さえ楽しければいいのです
自分さえ良ければいいのです

人間は　この事を　自分さえ良ければいいのかとか
それでは協調性が……とかと言うのです
自分自身が楽しむ事を知らない人間がです

人が　どう言おうが　どう思おうが　知った事では無く
人の死さえも　あたりまえの事と　嘆き悲しむ事は無いのです

死とは　人間の一生の間での　この世での務めが終わり
次の世界　天上界へと　帰って行っただけなのです
そして　天上界で　しがらみの全くない天上界で　ぼ～っ　としながら過ごし
いつかは　必ず　この世に　また生まれ変わって来るのです
それが　三年先なのか　十年先なのか　百年先なのかは解らないけれども
必ず　輪廻転生するのです

お〜やっと会えたなぁ　どうや？　こっちは？

めちゃめちゃええ！
下界で　ああやこうやと過ごしてたんは　いったい何やったんやろ？
お金が欲しい！　あの人は許されへん！　安心出来へん！　病気が！　未練が！
と言うてたのが　何にもあらへん
やっと　下界で言うてる　こだわりも無いし　人間らしく過ごしてるわ

ここに来て　やっと解ったか？
そやけど　下界で残された　おまえの　母親は嘆き悲しんどったぞ

うちも死ぬ寸前までは　下界に未練たらたらやったけど
こっちへ来たら　何にもあらへんし　言う事もあらへん
無理矢理　母親に言うのやったら　ありがとうの一言以外あらへん

とにかく　ここがええ！
こんなんやったら　もっと早く来ればよかった！
あほ！　下界は下界の人間としての過ごし方がある！
そやけど　しばらくしたら　次の準備をしとくんやで

解ってる　輪廻転生するのやろ？

そうや　また下界へ降りて　人間としての務めをせなあかん
人間としての務めをせんかったら
そのまま地獄に落ちて　二度と会われへんから　しっかりせなあかんぞ！

これが　人間本来の一生です
地獄へ落ちるも一生です
けれども　地獄の一生は　生まれ変わる事無く地獄の一生なのです

この世の人間にとって
大事な人の死に対して何よりも　耐え難いのは
二度と会えないと言う　この一点だけです
その　耐え難い事でさえ　人は　時が経てば　忘れるのです
死ねば全て　無になるか　成仏していると思っているからです

誤解せぬよう言うならば
たかが人間　たかが人生
自分さえ楽しければいいのです
自分さえ良ければいいのです
人が　どう言おうが　どう思おうが　知った事では無いのです
喜びも　哀しみも　楽しい事も
全ては　自分自身だけのものなのです　自分自身の価値観なのです
人生　物事　深く考え過ぎない事です
浅く浅くいいかげんに考えて　そこそこのものなのです

あとがき

人は神さえ持てばいいのかと問われても　そうではありません

現世は現世
神の世界は神の世界です
どちらが大事かと問われると
現世で　生きてる限りは　現世です　現世第一です
現世の事は　現世のあなたの責任です　自分自身の写し世です
神を信じれば　あなたが　幸せになれるとか
あなたの周りが都合よくなるか　と思っても
都合良くなるはずがありません

現世での　あなたの事は　あなたで仕舞いをしなくてはなりません

神の世界と現世とは　まったく別の世界ではあるけれど

現世と　神の世界は一体化します

これらを信じるか信じないかは　それぞれの考え方です
信じる人は神と共にあり
信じない人は人間世界の現世に　どっぷりと浸って居ればいいのです
それはそれで　いいのです　それぞれの生き方考え方です

神がいるのか　いないのか　神の世界があるのか無いのか
見えないものに　理屈が通らないのは　あたりまえです

しかしながら
今　生きている人にとっては　今が全てですが　そうでは無いのです
そうでは無いと言えるのは
全ては　死ねば見せてくれます　教えてくれます
あなたの　魂は　天上界か　未来永劫　地獄で生き続けるのです
現世での　あなたの出来事は　あなたの魂の一瞬の出来事なのです

神々は　人間が　死んだ後に　初めて死後の世界を見せるのです
死んだ後　全てに気が付いても遅いのです

人生において
生きている日々の暮らしが　幸せか不幸かは大事な事であっても
神にとっては　何の関係も関心も無い事です
何が大事だったのかは死ねば解ります

死への原因は　いろいろあろうとも　神が与えた命です
勝手に断ち切る事は許されないのです

欲の中で生きようとも　神を忘れては　いけません

この本を　読んだ後でも
ん　これはこれなりに　おもろい

ん　こんな考え方か
ん　そやからどうした
ん
ん
と思うでしょうが

それはそれで　いいのです
私は　神の伝えとして書き記したのです

全ては　死ねばわかる　のです

この書を読み
［わたしの氏神］は？　と思ったり［わたしの氏神］を探して欲しい方は

下記のメールアドレス Shamon2016@yahoo.co.jp　に

正面写真の添付と共に生まれた住所と
現在住んでいる住所［いずれも丁番地はいりません］
連絡のとれる電話番号を明記の上　送って頂ければ
あなたが神障りかどうかを判断致します
あなたに氏神がついていない場合は　あなたの氏神を　お探しいたします

手紙の場合は　文芸社にお送り下さい

写真の添付が無い場合や反論　ひやかし等は　内容を確認せず破棄致します
あなたが　神を信じない場合は　氏神がつきませんので
氏神を探す必要はありません

著者プロフィール
沙門（しゃもん）
神障り祓い 地鎮祓い 悪霊生霊祓い 死後判断
氏神及びその系列の神々を判断
神々と人間 天上界と地獄 輪廻転生等々を究め現在に至る
著書に『死ねばわかる』（2009年１月、文芸社）
『神さんのひとりごと』（2010年４月、文芸社）がある

表紙書：書家・吉田風筝

あなたは 何処から来て 何処へ行くのか

2016年４月15日　初版第１刷発行

著　者　沙門
発行者　瓜谷 綱延
発行所　株式会社文芸社
〒160-0022 東京都新宿区新宿1－10－1
電話 03-5369-3060（編集）
03-5369-2299（販売）

印刷所　株式会社フクイン

ISBN978-4-286-17148-7